『お
たい』
妹
付き合う
ことになりました。
JN009335

神崎未仔
高校1年生。真面目で一途、
そして巨乳。理想の彼女

「あの……、
お、おっぱい揉ませたら、
私と付き合って
くれますか……？」
「…………。え？」
まだ伝わらないのならと、
少女は声を大にして思いの丈をぶつける。
夏彦の叫びに負けないくらいの声量で。
「ずっと大好きでした！
おっぱい揉んでいいので、
私と付き合ってください！」

「ナツ君は私の恋人ですっ！抱き着いていいのは私だけなんですっ!!!」
これ以上は触っちゃダメ！と、未仔は立ち上がらせた夏彦を力いっぱい引き寄せる。夏彦の腕が、自身の胸にずっぽし埋まるくらい、包み込むくらいに。
傘井夏彦（かさいなつひこ）
主人公。人畜無害な高校2年生。無個性なことがコンプレックス

伊豆見草次
高校２年生。クールでイケメンな
夏彦の友人。ちなみに彼女持ち
「この子、ホンマもんの痴女なん？」
冴木琥珀
高校２年生。男勝りで夏彦の悪友。
見た目に騙されて撃沈する男子続出

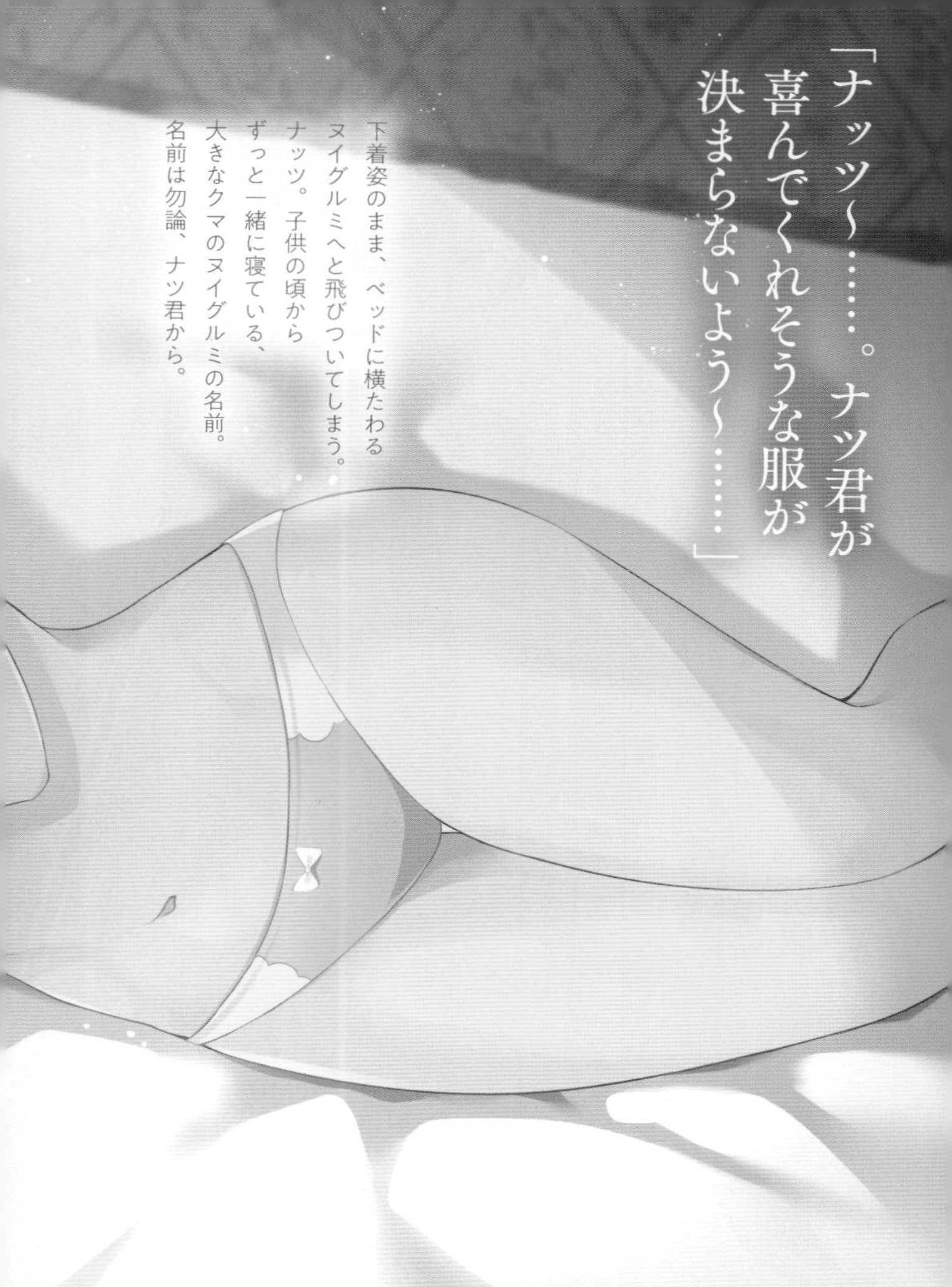
「ナッツ～……。ナッツ君が
喜んでくれそうな服が
決まらないよう～……」
下着姿のまま、ベッドに横たわる
ヌイグルミへと飛びついてしまう。
ナッツ。子供の頃から
ずっと一緒に寝ている、
大きなクマのヌイグルミの名前。
名前は勿論、ナツ君から。

未仔ちゃん

4/21 水

未仔ちゃん

こんばんは！
今は忙しいですか？
22：33

22：34
未仔ちゃんだ！　今は漫画読みながら、
まったりしてるよー。

22：34
どうかした？

未仔ちゃん

ううん。用事はないんだけど、ナツ君に
時間があればお喋りしたいなって。
22：35

漫画読み終えてからでいいから、電話しちゃダメ？
22：35

22：35
今すぐ電話しよう！　というか掛けちゃいます！！！

22：35
（通話時間 1:36:12）

4/22 木

未仔ちゃん

遅くまで沢山お喋りに
付き合ってくれて、ありがとう♪
00：12

おやすみなさい(*^-^*)
00：12

00：13
いえいえコチラこそ！

00：13
明日も一緒に待ち合わせして学校行こうね＾＾

00：13
おやすみー！

未仔ちゃん

モーニングコール攻撃ー♪
7：00

（通話時間 0:02:34）
7：00

7：03
朝から耳が幸せでした……。

『おっぱい揉みたい』って叫んだら、妹の友達と付き合うことになりました。

凪木エコ

角川スニーカー文庫

22484

目次

口絵・本文イラスト：白クマシェイク
デザイン：AFTERGLOW

プロローグ：おっぱいと恋人は同時にやって来る

願いや望みは、声に出したほうが叶(かな)いやすい。

抑え込んだ衝動は、声に出したほうが解消しやすい。

そんな気がする。

そんな気がするからこそ、少年は人気(ひとけ)のない高台で目一杯肺を膨らます。

そして、喉が張り裂けそうなくらい、柄にもなく叫ぶ。


「おっぱい揉(も)みた————〜〜〜い!!!」


傘井夏彦(かさいなつひこ)。高校2年生、残念な春。

夏彦は人一倍性欲が強いわけでも、年がら年中、胸を揉みたいと目を光らせている危険分子でもない。むしろ人畜無害な部類だ。

しかし、今はとてつもなく胸を揉みたくて揉みたくて仕方なかった。

夏彦が暴走したキッカケは、また別の話。

願望は天井知らず。

「俺だって草次みたいに彼女が欲しいさ！　放課後は校門前で待ち合わせして、他愛のない話しながら帰りたい！　週末のデートでは服の選び合いっこしたり、映画観ながらイチャイチャしたい！　お家デートとか超したい！　琥珀のアホ！　あと、おっぱい揉みた〜〜〜〜い！」

ゆっくりと落ちていく夕陽でさえ、ズッコケそうになる願望の数々。

ひねくれた神ならば、近所のオバハンを召喚したり、牧場でやってるヤギの乳絞り体験コーナーにでも転送しただろう。

ひねくれた神ならば。

「あ、あのっ！」

「おっぱ――！　へ？」

景気づけに、もうひと揉み叫ぼうとする夏彦が固まってしまう。

それもそのはず。声のする後方へと振り向けば、少女が立っているのだから。

同じ学校の制服を着ていて、蝶リボンは赤色。入学したての新入生だろう。

とても可愛らしい子だった。小柄な背丈に相応しいあどけない童顔。幼さの中にもパッチリ大きく開いた瞳が、意志の強さと愛くるしさを見事に両立させている。少し緊張しているのか、瞳は若干潤みがかっていて、胸前で握った両拳は小刻みに震えている。

その姿は子猫そのもの。守ってあげたくなるような、段ボール箱の中で鳴いていたら拾って帰りたくなるような。そんな可愛らしい子。

そんな少女に夏彦は見覚えがあった。

数年ぶりだろうと、多少外見が変わっていようとも忘れてはいなかった。

しかし、今は当時を懐かしむ余裕など皆無。懐かしさを感じる以上に、羞恥心のメーターが振り切っている。

当たり前だ。今までの発言、おっぱい揉みたい発言を、年頃の女子高生に聞かれているのだから。

『穴があったら入りたい』どころか、『穴があったら土葬してほしい』レベル。

丁度、高台だし、このままフライアウェイするのも悪くないと考えていると、

「おっぱい！」

「ひゃい！　……え？」

少女の口から出るおっぱい発言に、夏彦は目が点に。

「おっぱいがどうしたんですか？」と顔に書いたまま硬直していると、少女は距離を1歩、

2歩、と詰めてくる。

ついには、小さな少女が目の前に。

そして、

「あの……、お、おっぱい揉ませたら、私と付き合ってくれますか……？」

「………。え？」

まだ伝わらないのならと、少女は声を大にして思いの丈をぶつける。

夏彦の叫びに負けないくらいの声量で。

「ずっと大好きでした！　おっぱい揉んでいいので、私と付き合ってください！」

「…………。ええっ⁉」

傘井夏彦、16歳。

おっぱいモミモミする権利及び、彼女ゲット？

1章：甘くて可愛い彼女ができました

傘井夏彦は、多くを望まない平々凡々な男子高校生だ。地位や名誉を望まず、無病息災、家内安全といった『現状の維持こそ幸せ』を信条とするマイペーススタイル。

そんな人畜無害さを評価され、小中時代、さらには高校2年生になったばかりの今現在も、『程良い』ポジションで『それなり』の学園生活を謳歌し続けている。

人気者ではないが、クラスメイトの誰にでも話しかけられる、クラスに1人はいますよね的なキャラ。

良く言えば。

悪く言ってしまえば、中途半端なのだ。誰とも会話できるからといって、誰とも仲が良いかといえば話は別なわけで。

エグい話、夏彦がいなくても世界は回る。いたら楽しいし、彩りを加えることはできるが、いなければいないで特段支障は出ない。

おでんでいうところのハンペン、

色鉛筆でいうところの白、
モンハンでいうところの狩猟笛、
アニメには出演するが、映画には出演しない出木杉君。

そんなクラスの打ち上げには誘われるが、仲良しグループで行く旅行には誘われない悲しき業を背負った男。

とはいえ、夏彦自身、満足しているといえば嘘になるが、特に不満も無かった。

中途半端な立ち位置こそ、自分の強みだと理解していたから。誰にでもできるポジションのようで、誰にでもできないポジションだと自負していたから。

中間管理職的ポジションを苦と思っていない点も大きいだろう。

向こうがどう思っているかは不明だが、気を許す友だっている。少々風変わりな奴ら故、許した気をいつ八つ裂きにされるかは不明だが。

以上、中流サラリーマン、中途半端、中間管理職など、『中』の文字に愛されてやまない平凡な少年こそが傘井夏彦である。

※　※　※

夏彦がおっぱいを揉みたいと叫ぶ30分程前まで時は遡る。

学校も終わった放課後、高校2年生になったばかりの夏彦たちは、コンビニ前のベンチで時間を潰していた。

今現在、夏彦は買ったばかりの週刊少年誌を満喫中。水曜日といえばマガジンである。

そんなマガジン派の夏彦のページを捲る手が止まる。

否。隣に座る少女に腕を摑まれてしまう。

「ナツ読むの早い。ウチがまだ読めてへん」

ページを捲ろうものなら、この腕引きちぎるぞと言わんばかり。

関西弁だから威圧的に感じてしまうのか。はたまた、あっけらかんとした態度から威圧的に感じてしまうのか。

分からない。分からないが、夏彦は次のページを捲りたい気持ちをグッと抑える。

ちぎられたくはない。

「……。読んだ？」

「ん」

許可を貰えた夏彦は次のページを捲る。そのやり取りは、「主人、そろそろ食べていいスか？」「よし」という飼い犬と主人のやり取りに似ている。

当然、２人の関係は飼い犬と主人ではない。

相応しい言葉を挙げるとすれば、『悪友』や『良き相棒』といったところか。

相棒である少女の名は、冴木琥珀。

容姿やスタイルだけ見れば、琥珀は美少女と呼べる存在に違いない。

切れ長で黒目がちな瞳は、人々を魅了するには打ってつけ。明るく染められたミディアムヘアは、華やかな容姿を一層華やかなものに際立たせている。

制服と派手目なスニーカーのコーデは中々に人を選ぶが、琥珀が着用すれば、都会的なストリートファッションまで昇華。唯我独尊という言葉さえ相応しい。

総評、とても美少女。

容姿やスタイルだけ見れば。

琥珀の性格を一言で言い表すと男勝り。

ボーイッシュなどと可愛げある表現はそぐわないレベルで、そんじょそこらの男子より男が勝っている。

勿論、夏彦より。

「琥珀、次のページ捲っていい？」

「あかん」

「……」

夏彦は思う。

何故、自分の金で買ったマガジンを、好きなタイミングで捲ることができないのかと。

ジャンプ派の奴にページを捲る権利を握られているのかと。

ジャンプの日は、琥珀の金で買ったものだから途中で捲られても俺は我慢しているのにと。

反抗心が芽生えた頃には、夏彦は次のページを捲っていた。

「あっ」という言葉が横から聞こえる。隣を見れば、琥珀がムスッとした表情で睨んできているではないか。

「だって琥珀読むの遅すぎ。バトルシーンで読むとこ殆ど無いのにさ」

「何言ってんねん。今の戦闘シーンに、どんだけの熱量が込められてるのかナツには分からんの？　漫画は読むだけじゃなくて、見るのも楽しみの1つちゃいますのん？」

「にしても時間掛けすぎだから。言いたいことは分かるけど」

「分かってくれるなら、ページ戻して」

「いやだ」

「戻って」

「やだ」

「……」

「戻って！」

「やだ！」

「……」

「……」


「「やんのかコラァ〜〜〜!!!」」


ついには、雑誌の取り合い。ギャースカ騒いでワチャつく光景は、高校生とはとても思えない。小学低学年にも鼻で笑われるレベル。

「ナツかてラブコメ読むとき、めっちゃ遅いやん！」

「ラブコメは心理描写が大事だから仕方ないだろ！」

「いっちょ前にキュンキュンしとんちゃうぞ！　童貞のくせに！」

「ど、童貞関係ねーだろ！　そもそも、童貞にこそキュンキュンする権利があるだろ！」

「はんっ。エッチなシーンになったら、そそくさ読んだフリするくせに。どうせ家で1人のときは、コソコソそのページ使ってるくせに」

「使う言うなぁ！　せいぜい、ガン見程度――、うわぁぁぁぁ！」

「その程度でうろたえんな。だから童貞やねん」

「コイツのデリカシーのないところ大嫌い……」

言葉の殴り合いの勝者、琥珀。

黙っていれば美人。琥珀のためにある言葉と言っても過言ではない。

口を開けばこのザマなのだから。

もはや、楽しく読める気分でなくなった夏彦は、琥珀へと雑誌を献上。

「さんきゅー♪」

えくぼができ、白い歯が見えるくらい屈託のない笑顔で感謝されれば、大抵の男は何を言われても許してしまうだろう。それくらいの魅力が琥珀の笑顔にはある。

実際、その笑顔に当てられ、勘違いした男たちも数知れず。告白して死んでいった男たちも以下同文。

その点、ずっと一緒にいる夏彦は、しっかりと琥珀に対して免疫が出来上がっている。

その笑顔が自分の不幸で成り立っていることを知っている故、その笑顔にアンパンチしたいくらいだ。

鼻歌交じりに雑誌を読み始める姿も、競馬新聞を読むオッサンにしか見えない。

とはいいつつ、実は琥珀のことを夏彦は好きなのでは……？

ということは有り得ない。

だとすれば、実は夏彦のことを琥珀は好きなのでは……？

ということはもっと有り得ない。

2人はしょうもないことを言い合える悪友なのだから。

「ほんと、お前ら仲良いのな」

アイスコーヒー片手に、コンビニから戻ってきた少年が2人へと話しかける。

彼の名は、伊豆見草次（いずみそうじ）。今年から夏彦や琥珀と同じクラスになった友で、夏彦とは同じ図書委員会だったことから去年からの付き合いである。

どこか気だるそうな、アンニュイな雰囲気を漂わせる彼は、琥珀に負けず劣らず顔立ちが整っている。

高身長、細身な体軀（たいく）にスラッとした鼻梁（びりょう）や長いまつ毛、女子さえ羨ましがる細長い指や手足。黒髪ショートな髪型は、必要最低限のさりげないポイントだけを整えている。いかにも「オシャレ頑張ってます！」とガチガチにスタイリングを施す有象無象な集団とは、明らかに一線を画している。

　人気があったり、モテるのは言わずもがな。

ちなみに、琥珀もモテるのは確かだが、ガサツさが知れ渡っているために人気度が少し落ちる。夏彦はお察しの通り。

「草次からも言ってやってくれよ！」

　残念な夏彦、草次に救援要請。マガジンの恨みは深い。

「あのガサツ関西女が俺のこといじめるんだって。⁉　ほ、ほら！　中指立ててくる！　あの中指へし折ってくれよ！」

「そんなことしたら、夏彦の指、全部へし折られるんじゃね？」

　アへ顔Wピースもとい、ドヤ顔W中指だった琥珀が目を輝かせる。

「それめっちゃエエ、アイデアやん！　『ナツの指、全部へし折ってみた』　これで1本の特番作れるんちゃう？」

「池の水抜くみたいに言うなよ！」

　ケタケタ笑う琥珀は、逃がすものかと夏彦へと肩を組む。男子だろうとお構いなしのボディタッチは琥珀ならでは。

「草次のせいだ！　草次が余計なこと言ったせいだ！」

「知らねーよ」

軽く笑う草次は、夏彦が絡まれている光景を肴に、アイスコーヒーで一服。

草次と2人は、若干の距離があるように見えてしまう。

しかし、これが草次にとって、夏彦たちにとって、最適な距離感。

人間関係とは面白いもので、誰もが和気あいあいと騒ぎたいわけではない。

草次は当事者より傍観者を好む。これくらいが丁度良いのだ。

これくらいが丁度良いからこそ、人気があろうがカーストトップに君臨する力を有しようが、草次は頂点を目指そうとしない。

カースト上位特有の付き合いも面倒だと思っているし、自分の恩恵にあやかろうとしている者たちも、おおよそに分かる。ウンザリさえしている。

だからこそ、草次は夏彦を気に入っている。

毒気のない、媚びようとしない人畜無害な性格を高く評価している。

琥珀もそうだ。男勝りな自分を友として見てくれる夏彦だからこそ、存分にボディタッチできる。

故に、人気度は高いが、どこか風変わりな2人は夏彦といることを好む。

夏彦のことを誰よりも評価している。

　何かに気付いた草次が、おもむろにカバンを持ち上げる。

「迎え来たから、俺行くわ」

「「？」」

　首を傾(かし)げる2人だが、草次の視線先を辿(たど)ることで直(す)ぐ意味を理解する。

　横断歩道の向かい側、そこには信号が青になるのを待つ少女の姿が。

　草次の彼女だ。

　詮索を嫌う草次からは、自分の恋人だとハッキリ聞いたことはない。けれど、今日のようによく待ち合わせして帰っているのだから、きっとそうなのだろう。

　市内にあるお嬢様学校の制服に身を包み、遠目にも穏やかさや人柄の良さが窺(うかが)えてしまう。実際、人柄はかなり良く、少女と一言二言、言葉を交わしたことがある夏彦は、見た目どおり優しい人だと認識していた。他に知っている情報と言えば、1つ上の先輩だということくらい。

　兎(と)にも角(かく)にも、『騒がしいのが苦手な草次にピッタリな恋人』というのが、夏彦の印象だった。

　草次の視線に気付いた少女は、朗らかに柔和な笑みを浮かべる。信号下からでも小さく手を振り、草次の友である夏彦や琥珀たちにも、律義に頭を下げて挨拶してくれる。

遠くからでも分かる。めっちゃいい人だと。

出世意欲のない夏彦だが、夏彦だって一端の高校生だ。恋人のいる生活に憧れを抱いているのは言うまでもない。やはり、草次のような放課後デートを「いいなぁ」と純粋に思ってしまう。

「放課後にデートとは、ご立派な身分やなぁ」

恋愛事に全く興味の無い琥珀は呑気なものだが。

「じゃあな」と短く挨拶を告げた草次は、彼女の待つ歩道目指して歩いていく。

遠くなっていく2人を、遠い目で見つめる夏彦の肩を琥珀がポンポン。

「分かるか、ナツ。これが持つ者と持たざる者の差やで」

「う、うるさいな！　どうせ雲泥の差だよ！」

「雲泥？　えらく生ぬるい表現するやん」

「え……、雲泥以上に俺らの差あんの……？」

ケタケタと笑う琥珀を見てしまえば、月とスッポンさえ生ぬるく感じてしまう格差社会。

とはいえ、琥珀としては夏彦が持っていようが持ってなかろうが、どちらでも構わない。

だからこそ、「独り身同士、仲良くしよや♪」とお馴染みの屈託ない笑顔で、夏彦の脇腹を肘で突く。

「チクショウ……、俺に彼女さえいれば、ドヤ顔で琥珀に自慢できるのに……！」

「そんなことよりナツ。お腹空いたし、マクド行かん？」

「腹減ってるけど、絶っ対に行かねぇ」

「えー。マクド行こや。どうせ暇やん、お前」

「どうせ言うな！　暇だけどさ！」

「ナツのそういう素直なとこ、ウチは結構好きやで」

「勿論、友達としてやけど」と釘どころか楔を打ち付けた琥珀は、読み終えたマガジンをベンチ隅に置くと、夏彦のほうへと身体を向ける。

「まーまー。そんな悲観的にならんでも。ナツに彼女がいつできるかは知らんけど、それまではウチがガッツリ遊んだるやん。一肌も二肌も脱いだるやん」

『一肌も二肌も脱ぐ』を表現するためか。琥珀はシャツの襟部分を掴むと、ぐい、とインナーごとスペースを拡げる。

　俗に言うチラ見せ。

「!!!」

　そこは男の性。夏彦の視線は、琥珀のはだけた首元にいってしまう。瞬きを忘れてしまう。脳が８Ｋ録画モードに切り替わってしまう。

男勝りであれど、琥珀は顔もスタイルも特級品。普段拝むことのできない鎖骨などのデコルテライン、さらには、制服でも隠しきれない豊満な胸のふくらみが、煩悩の世界へと歓迎会を開催。

おもてなしは底知れず。ブラ紐だ。ブラ紐まで見えている。紺色で細紐タイプのがくっきり見えている。

デコルテライン、胸のふくらみ、ブラ紐。

究極3連コンボだドン。

さすがの夏彦でさえ、ガン見するのは危険すぎる。このままでは、リトル夏彦が反抗期を迎えてしまう。童貞の性。

『目の前の奴は、女の形をしたオッサン』と胸中で唱えつつ、夏彦は指摘する。

「琥珀、見えてる」

「んん?」

指差されれば、ようやくブラ紐が見えていることに琥珀が気付く。

普通の女子ならば、「キャー、のび太さんのエッチ」的な感覚で赤面するのだろう。

けれど、女の形をしたオッサンは、チャック開いてますと指摘された感覚なのか。

「ほんまやね」

何食わぬ顔で襟を正すだけ。

「お前、本当に女なのか……？」

「ブラ紐如き（ごと）でヤイヤイ言いなや。所詮、乳支えるだけのもんやん」

「……。発想が女子じゃねえ……」

「そんな男らしいウチのおっぱいガン見しとったのは、どこのどいつカナ？」

「！？！？！？」

立派な胸の持主は、他人が胸に注目しているのが分かる。

そんな話は、都市伝説だと思っていた夏彦は、身をもって実感する。

本当の話だったと。

琥珀は、新しい玩具（おもちゃ）を見つけたかのように、イヒッと笑う。

そして、羞恥心無い系女子は、セクハラ大魔神と化す。

「お、おまっ……!?」

「ほら夏彦ちゃーん、オッパイでちゅよー♪」

推定DかEはあるであろう豊満なバストを、下から掬（すく）い上げるかのように持ち上げ、夏彦へと距離を詰めるわ詰めるわ。

右手に右乳、左手に左乳。まるで、「メロンやスイカいかがですか？」の如し。

しかし、目の前にある代物は、メロンやスイカではない。おっぱいだ。

童貞が耐えられるわけがない。

「か、かかかかからかうなぁ！　胸を見せびらかすな！　寄せるな！　近づけるな！　俺の純情を汚すなぁ！」

胸を押し付ける既のところで、琥珀が吹き出して大爆笑。

「ひゃははは！　ナツ、反応可愛すぎ！　ウチの胸で興奮しすぎ〜〜〜！」

「最低だ！　最低の女だ！　下品にも程がある！」

「ほんま。童貞言うたら怒るくせに、純情が汚れるとか言いなや。キャラぶれぶれやで」

「うるさい！　うるさい！　てか、16歳で童貞は普通だからな⁉　多分！　いいや絶対！　JISでも規格化されてるに違いない！」

「そんなこと言う奴に限って、一生童貞のままなんやで？」

「ぐっ……！」

「そんなこと言う奴に限って、30歳近づく頃には、『30まで童貞貫くと魔法使えっから』とか開き直るんやろなぁ」

「ぐぐっ……！　……本当に魔法が使えるなら、お前を消し炭にしてやりたい……！」

「アホか。本当に魔法使えるなら、ウチかて一生処女でおるわ」

「くぅぅ〜〜！　何でコイツは、俺と対等な立場のくせに堂々としてるんだ……！」

「価値観って人それぞれやからちゃうかな」

「今更、良いこと言っても無駄だからな⁉」

彼女がいないことをからかわれ、童貞だとからかわれ、おっぱいを使ってからかわれ。

全てに於(お)いて夏彦、大敗。

戦略的撤退というか、メンタル的に撤退せざるを得ないというか。

リュックの中にマガジンをぶち込んだ夏彦は、勢いよく立ち上がる。

「今に見てろよ！　超絶に可愛い彼女を絶対作ってやるからな！」

その宣言は、奴隷解放宣言のように革命的なものではない。

三下ヨロシクな、バイバイキーンのような、敗者が去り際に吐く悲しいセリフに近い。

「お前の、おっぱ――、胸なんかに目移りしないくらい、可愛い子とイチャイチャするから！　お前に自慢してやるから覚悟しとけ！　分かったか⁉」

「あ。妄想話長くなりそう？　やったらマクドで話さへん？」

「チクショォォォォォ――――〜〜〜〜！」

夏彦は琥珀を捨てて走り出す。

ただガムシャラに。

己の矮小(わいしょう)さを噛(か)み締(し)めつつ。

※ ※ ※

夏彦(エロス)は激怒した。

必ず、かの邪智(じゃち)暴虐の王を除かなければならぬと決意した。

夏彦には政治が分からぬ。夏彦は、普通の高校生である。けれども童貞という言葉に対しては、人一倍に敏感であった。

「チクショォォォォォォ――――〜〜〜〜！」

行く先は分からない。けれど、全力で走らずにはいられなかった。感情の昂(たかぶ)りを鎮めるくらいなら、いっそ爆発させてしまえとさえ思った。

羨ましかった。草次に綺麗(きれい)な彼女がいることが。

悔しかった。琥珀に玩具にされたことが。

情けなかった。自分の童貞丸出しな行動が。

何よりも、大きくて柔らかそうな、おっぱいだった。

「わぁぁぁぁぁぁ〜〜〜〜！」

思考の9割がおっぱい。気を抜けば、頭の中がおっぱいでワッショイ。

多くを望まぬ夏彦だって男子高校生だ。おっぱいに憧れてしまうのは自然の摂理。

何事かと夏彦に注目する人々が、「すげぇ形相で、やべぇ奴が走ってる……」とモーゼが海を割るかの如く夏彦から遠ざかっていく。

『リア充は爆発しろ』という危険思想は無いはずの夏彦だが、通りすがるカップルやリア充グループには、さすがに敏感になってしまう。

他校生の男子が、可愛い女子2人と一緒に歩いているのを見ただけで、羨ましくてハンカチを嚙みちぎりそうになる。

老夫婦が散歩している光景だけでも嫉妬してしまうし、仲良く手を繋ぐ小学生くらいの男の子と女の子にも嫉妬してしまう。

公園で盛っている犬2匹にも嫉妬してしまう。末期である。

どれくらい走っただろうか。

「ぜぇ……、ぜぇ……」

急勾配な坂を上り切った高台の先端にて、夏彦は肩を激しく上下させていた。

沈みゆく夕陽が目に染み、中腰でひたすら呼吸を繰り返し続ける。

急激な運動で肺や心臓が痛い。もう足は一歩も動かない。

けれど、目一杯叫ぶことはできる。

真っ赤に染まる街並みに向かって、夏彦は叫ぶ。

「おっぱい揉みた────〜〜〜い!!!」

この瞬間の夏彦は、夢にも思っていなかった。

己に恋人とおっぱいモミモミする権利が与えられることに。

それが、彼女と出会う20分前までの出来事である。

※　※　※

夕焼けを背景に、可愛い女の子のおっぱいを揉むのは、乙なことなのかもしれない。

しかし、

『おっぱい揉んでいいので、私と付き合ってください』

あまりにもパワーワードすぎる。暴走していた夏彦でさえ素に戻ってしまう。

喩えるなら、ドラクエ初代ボスに、「わしを仲間に入れてくれれば、世界の半分を勇者にやろう」と言われるレベル。

ノーリスクハイリターン、目が眩みそうなほどの甘い誘惑に、「何か裏があるのでは……？」と警戒してしまうのは常人の正しき判断である。

というわけで、付き合う付き合わないにせよ、揉む揉まないにせよ、まずは言葉の真意を知ることから夏彦は始めることに。

少女とともに元来た道を戻り、駅チカにあるカフェへと場所を移す。

角側にある2人用の席に腰掛け、注文したドリンクをテーブルへと置けば、ようやく話し合える環境が整う。

真っ直ぐに向かい合えば、当たり前に小柄な少女が目の前に。

庇護欲を掻き立てる可愛らしさは今も健在。

健在とはいえ、「可愛くなったなぁ」というのが夏彦の感想だった。

小柄で童顔なだけに、クリッとした瞳は一層と魅力的に見えてしまうし、リップが薄く塗られた小ぶりな唇は、ちょっとした大人っぽさも醸し出している。

髪型は今も昔も変わらない。肩に少し掛かるくらいの長さの髪を左右に縛り、丁寧に編み込んだ三つ編みスタイル。

同じ髪型にも拘らず、がらりと印象が変わっているのは、ミルクブラウンにカラーリングされた髪色のおかげだろう。明るい髪色と三つ編みがすごくマッチしていて、小動物系の少女の顔を一層に映えさせている。

総評、すごく可愛いです。

「綺麗になったね」と夏彦が言えたらいいのだが、そんなスマートなことが言えるわけもなく。そもそも、そんな気の利いた言葉がすんなり出るのなら、とっくに童貞を卒業している。

それどころか、『めちゃくちゃ可愛い子』と再認識してしまったため、心臓の鼓動が高鳴ってしまう。「こんな可愛い子が彼女に？　しかも、おっぱいも揉ませてくれる……？」と煩悩が脳細胞を壊し始めてしまう。

対して少女はどうだろうか。

俯き気味に前髪をせっせと動かしたり、チラチラと大きな瞳を夏彦に向けてみたり、自分の注文したチョコレートラテに向けてみたり。

少女は少女で、一世一代の告白をしているだけに、だいぶ緊張しているらしい。

「……」「……」

互いにドギマギ、ソワソワ。視線が一点に定まらない。

とはいえ、視線を互いに向けたり向けなかったりを繰り返せば、ピッタリと見つめ合う瞬間だってある。

「「！」」

視線が、ぴったんこカンカン。

視線と視線が交差するとき、物語は始まる——！

2人は意を決する。

「あのさ！」「あ、あの！」

「「!?」」

「ご、ごめん先言って！」「どーぞっ、どーぞっ！」

タイミングが良いのか悪いのか。

初々しさは、「お見合いか」とツッコみたくなるほど。

「お先にどーぞっ！」と、アタフタと手のひらを差し出してくる少女は、見ていて飽きない。何なら一生見続けていたい気持ちにもなってしまう。

そんな感情を密(ひそ)かに抑えつつ、夏彦はお言葉に甘えて先に喋(しゃべ)らせてもらう。

「えっと……、久しぶりだね」

「！」

『久しぶり』という言葉に、少女の瞳が見開かれる。さらには、あれだけ恥ずかしそうに動かしていた視線を、恐る恐るではあるが夏彦だけにゆっくり注いでくれる。

「私のこと、覚えてくれてるんですか……？」

「うん。未仔(みこ)ちゃんだよね？　新那(にいな)の友達の」

まるで記憶喪失だった人間が、自分のことを思い出してくれたかのような反応。少女は力強くコクコクと首を縦に振り続ける。

すごく嬉(うれ)しそうな。尻尾があったらブンブン振っているような。

少女の名は、神崎(かんざき)未仔。1コ下の妹、新那の友達である少女だ。

通っていた小学校が同じで、夏彦の妹と未仔は、度々同じクラスだったこともあり仲良し同士。昔はよく家に遊びにきていたし、頻繁ではないが夏彦も一緒になって遊んだ記憶がある。

夏彦が中学に上がった頃には、さすがに遊ぶ機会が減ってしまったし、未仔は違う中学に入ってしまったため、会う機会さえ無くなっていた。

家族団らん時、妹の口から、「今日はミィちゃんと遊んだよー」と聞く程度。

夏彦と未仔は、それくらいの関係といえば、それくらいの関係。

当たり前だ。未仔は夏彦の友達ではなく、妹の友達なのだから。

少なくとも夏彦はそう思っていた。

だからこそ、夏彦にとって告白されたことが衝撃的だった。

「俺たち同じ高校だったんだね。ったく……。新那はちゃんと教えといてくれよ……」

「ううんっ！　にーなちゃんは悪くないの。私が内緒にしといてって、お願いしたから」

「？　どうして？」

夏彦が首を傾げれば、またしても未仔の視線が下がってしまう。

身体をモゾモゾと小さく動かすのは、緊張しているからというより、恥ずかしいから？

未仔が恐る恐る口を開く。顔は少し火照り、自然と上目遣いになっている。

「えっとね……、今みたいな感じになったら嬉しいなって思ったから」

「？？？　今、みたいな？」

「うん……。私のこと覚えてくれてたら、すごく嬉しいなって」

「っ！」

「下の名前で、昔と変わらず呼んでくれることが嬉しかった……です」

「……おおう」

夏彦は思う。

「何だこの子。死ぬほど可愛いんですけど」と。

余程、下の名前で呼んでもらえたことが嬉しかったのか。

「えへへ……♪」

未仔は、はにかみつつも嬉しそうに頬を緩ませ続ける。

愛くるしい表情を目の当たりにしてしまえば、夏彦も自然と微笑ましい気持ちで満たされてしまう。

初めて遊んだときもそうだった。借りてきた猫のようにしていた彼女だが、時間の経過とともに我が妹のように懐いてくれた。『お兄さん』から『ナツ君』と呼び方が変わった瞬間を、夏彦は今でもハッキリ覚えている。

当時を懐かしめば懐かしむほど、心に余裕が生まれてくる。

さすれば、自分の喉がカラカラなことにようやく気付く。無理もない。あれだけ全力疾走したり、おっぱいおっぱい連呼していたのだから。

夏彦は水分補給すべく、自分の注文したアイスコーヒーをストローも差さずにワイルド飲み。

そして、一言。

「うおぉぉぉ……。苦ぁ〜〜〜……」

気が緩んだ夏彦の口から出る、ムードもへったくれもないコメント。

それもそのはず。夏彦はブラックコーヒーなど飲んだことがない。なんなら、微糖の缶コーヒーだって苦手で飲めないレベルだ。

コーヒー＝大人の飲み物＝カッコイイというクソダサい思想のもと、自分に告白してくれた女子の前で、１ミリでもカッコ良く思われたいという欲が生み出した大失態。

男子高校生あるある。気になる女子の前でいいカッコしがち。

そして失敗しがち。

「もしかして、コーヒー苦手？」

未仔に尋ねられてしまえば、もはや隠す必要もない。

「う、うん……。ちょっといいカッコしようとして頼んだんだけど、俺にはまだ早かったみたい。ははは……」

乾いた笑いしか出せないのに、不思議と涙は出そうになる。生涯哀れみの刑に処せられてしまう。

１００年の恋はこの程度では冷めないのかもしれない。けれど、５年くらいの恋ならば冷めてもおかしくない。

未仔はどうだろうか？

コイツ、ダサすぎワロタ。

ということはなく、

「ちょっと待っててね」

「？」

立ち上がった未仔は、小走りでカウンターへと移動する。備え付けで用意されているミルクやハチミツ、マドラーなどをせっせと回収して戻って来る。

どうやら、夏彦のためにコーヒーを甘くしてあげたいようだ。

持ってくるだけでは留まらず、「私が混ぜるね」とアイスコーヒーを引き寄せると、夏彦のために混ぜ混ぜご奉仕タイムに突入。

「ご、ごめんね！　わざわざ！」

「ううん。私がナツ君のために、してあげたいだけだから。ね？」

「……じゃあ、お言葉に甘えて」

「うん♪」

未仔の笑みに当てられた夏彦は、「なんて健気で献身的な子なのだろう」と心打たれてしまう。おまけに、未だにナツ君と呼んでくれることにも心打たれてしまう。

幸せ気分で夏彦が待つこと少し。最後に未仔は、自分の注文したチョコレートラテに載ったクリームをコーヒーへとトッピングして完成。

「ナツ君、これでどう？」

「うん。ありがたく飲ませていただきます」

未仔からコーヒーを受け取った夏彦は、今一度飲んでみる。

「おお……！」

あまりの味の変化具合に夏彦はビックリするレベル。

「全然飲める！　というか美味い！」

「ほんと？」

「ほんとほんと！　ハチミツとクリームがしっかり甘さ出してるし、苦みは残ってるんだけど、むしろ丁度いいくらい！」

「喜んでもらえて良かった♪」と、我がことのように笑顔になってくれる未仔。

そんな未仔の笑顔を見てしまえば、夏彦は「美味しい」という感想より「可愛い」という感想のほうが強く出てきてしまう。

故に、未だに夢見心地だ。こんな可愛くて献身的な子が、自分を好きだと言ってくれたことが。

自分に優しくしてくれる少女と、甘くて美味しい飲み物。これほどに贅沢な組み合わせがこの世界にあるのだろうか。

そんな幸福論を密かに唱える夏彦に、未仔が問いかける。

「ねぇナツ君」

「うん？」

「ナツ君は、その……。お、おっぱいが揉みたいの？」

「ぶっ…………！」

「ナツ君⁉」

夏彦、飲んでいたコーヒーを逆噴射。

「ゴホッ！　ガハァァッ……！　は、鼻にコーヒー入ったぁ……！」

夏彦の一大事に、大慌てでティッシュを取り出した未仔は、「大丈夫？」と隣へと駆け寄る。さらには、夏彦の口をトントンと優しく拭ってもくれる。

さらにはティッシュを持った自らの手を、夏彦の鼻へと添え、

「ほら、ちーんして？」

「あ、ありがとう……」

未仔とのちーんプレイ。

とてつもなく恥ずかしい夏彦は、鼻をかんだフリをして、初めての共同作業を手短に済ませることに成功。

普段通りの夏彦ならば、「出会いのキッカケは、僕が鼻からコーヒーを噴出したことでした」くらいしょうもない思考を巡らせていただろう。

しかし、脳内では未仔が先ほど発した言葉、『おっぱいが揉みたいの？』が無限ループされてしまう。着ボイスをリリースしてくんねーかなと考えてしまう。

故に、夏彦の視線の行き先は……。

ＹＥＳ。未仔ズおっぱい。

「……！」

夏彦が目を見開くのも無理はない。

薄々勘付いてはいた。けれど、恥ずかしさ故、気付かないフリをしていたのだ。

未仔が中々に立派な胸の持主だということに。

ＤかＥくらいだろうか。下手をすればＦ？

どこぞの関西女を凌ぐ可能性大のハイスペック。年下、小柄な少女にも拘らずだ。

たわわなバストは、着用するニットセーターを押し広げるワガママっぷりで、破壊力たっぷり。夢と希望もたっぷり。

夏彦は思う。「よくぞ、しばらく見ない間にココまで大きくなられて……」と。

ハッ、と夏彦は我に返る。

気付いてしまう。またしても同じことを繰り返していることに。

一体、いつからバレていないと錯覚していた？

そう。バレているのだ。立派な胸の持主には。

「……」

夏彦は恐る恐る視線をゆっくりと上げていく。

たわわなバスト、華奢（きゃしゃ）な肩、なだらかな首筋、小ぶりな唇や鼻、

そして、しっかり見つめてくる未仔の瞳。

はい。ガン見してたのバレてました。

これが見ず知らずの女子のおっぱいならば、夏彦は侮蔑の眼差（まなざ）しを向けられていたに違いない。

しかし、相手は未仔。

夏彦を愛して止（や）まない未仔なのだ。

「……ナ、ナツ君は揉んでみたいの？」

「…………。えっ⁉」

おっぱいモミモミする権利、再来？

夏彦は考える。


揉んでみたいの？


そんなもん、揉んでみたいに決まっている。

登山家がそこに山があったら登るように、男なら目の前に胸があれば揉みたい。

男たるもの——否。漢たるもの、ぱふぱふこそ至高。

しかし夏彦は知っている。そんな簡単に胸は揉める代物ではないことを。

それ故、「おっぱい揉んでいいので、私と付き合ってください」と未仔が告白してきた意味が理解できなかった。「何か裏があるのでは……？」と警戒さえしていた。

カフェに入るまでは。

未仔が心から自分を好きでいてくれていることに気付くまでは。

恋愛経験の浅い夏彦には、未仔が自分を好きでいてくれる理由までは分からない。

けれど、自分に向けられているものが、純粋な好意によるものか否かくらいは分かる。

それくらい未仔の優しさには愛が感じられた。

感じられたからこそ、

「も、揉みたい！」

公衆の面前でもお構いなし。夏彦は未仔へと思いの丈をぶつける。

傍から見ればセクハラ発言、未仔から見れば雄々しい発言。

夏彦の口からハッキリと揉みたい発言を初めて聞いた未仔は、少々顔を赤らめつつ、1つ大きく深呼吸。

そして、『いつでも大丈夫ですよ……？』とでも言わんばかりに、胸前で握っていた両拳をゆっくりと下ろしていく。

最中だった。

「けど！」

「？　けど？」

「それ以上に、未仔ちゃんを傷つけるようなことはしたくない！」

「！」

そう。夏彦は人畜無害な男なのだ。

真っ直ぐにピュアな男なのだ。

「そういう行為って、いきなりすることじゃないと思うんだ。……ゆ、ゆくゆくというか、互いの気持ちが昂った際にというか……」

童貞は夢見がちなのだ。処女厨なのだ。

だが、それでいい。

まだ見ぬ世界へ夢を見て何が悪い。

「それにさ。胸目当てで未仔ちゃんと恋人になったたって思われたくないからさ」

「……。恋人に、なった？　…………。！　そ、それって、」

ひたすらに見つめてくる未仔に、夏彦は恥ずかし気に笑いかける。

さらには、隣に座る未仔へと向き直ると、深々と頭を下げる。

「こんな俺で良ければ、是非ともお付き合いしてください」

夏彦。未仔へと告白返し。

夏彦には、自分が愛されている理由は分からない。けれど、十二分に愛されていることは知っている。

それで十分だと思った。理由はこれから教えてもらえばいいし、彼女に愛される以上に大切にしていきたいという気持ちも芽生えている。

「……ナツ君」

「うん？」

「大好きっ……！」

「…………。！！！？？？　みみみみみ未仔ちゃん⁉」

顔を上げた夏彦が、面くらうのも無理はない。

感極まった未仔が、自分の胸板へと飛びついてきたから。

未仔の華奢な身体（からだ）はとても温かく、ミルクブラウンな髪からは甘く華やかな香りが鼻孔をくすぐってくる。

何よりもだ。

おっぱい。

おっぱいがこれでもかというくらい当たっている。

揉まない発言のご褒美？　揉む必要がないほどに未仔の柔らかくて、むにゅんむにゅんしたマシュマロバストが夏彦を天国へと誘（いざな）ってしまう。全神経が胸板へと集中してしまう。

付き合い始めて数秒。「もういつ死んでもいい……」と夏彦は幸せの渦へと身を委ねてしまう。

おめでとう。夏彦に彼女ができました。

※　※　※

日もすっかり落ちた19時手前。

恋人同士になった夏彦と未仔は、帰宅すべく夜道を歩いていた。

告白されたときは離れていた距離も今ではゼロ距離。それどころか、2人は恋人らしく手と手を繋ぎ合っている。勿論(もちろん)、恋人繋ぎで。

少し前までは、こんな幸せな光景を嫉妬と羨望の眼差しで眺めていた夏彦も、まさかの当事者側。

もしこれが夢ならば、ビンタ程度では目覚めることはできないだろう。ダンプカーに直撃されてようやく気付くくらいだろう。

未(いま)だに夢見心地、不慣れな行為にド緊張している夏彦に、未仔は尋ねる。

「あんまり、ベタベタするのイヤ？」

「ち、違う違う！　その……、今まで手を繋いだ経験なんかないからさ。緊張してるんだ」

本心を打ち明ける夏彦に対し、未仔のとった行動は、

「えいっ」

「み、未仔ちゃん⁉」

答え。一層に密着すること。

ただ手と手を握り合うだけでなく、夏彦の腕へと寄り添うように。

腕と腕、未仔の髪や頬(ほお)まで。小柄な彼女の半身が夏彦の身体へと触れ合っている。混ざり合っている、溶け込んでいるという表現のほうが近いかもしれない。

「っ！！！！！」

夏彦の背筋がピン、と張りつめてしまう。

それもそのはず。

おかえりなさいませ、おっぱい様。

そう。当たり前におっぱいも夏彦へと密着しているのだ。

未仔のテンピュール素材顔負け、柔らかボリューミーな胸が、夏彦の二の腕をこれでもかというくらい、ずっぽし包み込む。

さも、私の心臓の音を聞いて欲しいと言わんばかりに。

実際そうだ。

「私も緊張してるよ？　でもね」

「で、でも？」

「それ以上にすっごく幸せなの」

夏彦の煩悩が一瞬で吹き飛んでしまう。

それくらい、幸せを口にする未仔からは、幸せが溢れていた。

簡単に伝わって来てしまう。自分がいかに愛されているか、大事にされているのかが。

未仔の気持ちを感じ取った夏彦は、ただ緊張しているだけでは勿体無いなと思った。

1人で緊張するくらいなら、未仔と一緒にドキドキするほうが絶対良いに決まっていると。だからこそ、自然と笑みがこぼれてしまう。

「だよね！　俺もすっごく幸せだ」

「うん♪」

夏彦のたった一言だけで、未仔はさらに笑顔を咲き誇らせる。

そんな未仔の笑顔を見ただけで、夏彦もさらに笑顔になってしまう。

まさにバカップル。末永く爆発しろ状態である。

依然、仲睦まじく帰っていると、未仔が尋ねてくる。

「ナツ君って、お昼休みは、いつもお弁当？」

「昼休み？　えっと、基本は弁当かな。たまに食堂とか売店も利用してるけど」

「あ、あのねっ」

「？」

「明日のお弁当、私が作っちゃダメかな？」

「えっ」

夏彦は思いもよらぬ発言に立ち止まってしまう。リア充率120％超えなイベント到来にフリーズしてしまう。

「……ダメ？」

「……。!!! いやいやいや！　ダメなわけないないない！　むしろ大歓迎だよ！」

断る道理などあるわけがない。今すぐにでも、『明日は弁当要りません』と母親にメッセージを送信したいくらいだ。

「というかさ。わざわざ作ってもらっていいの？」

「うんっ♪　作らせてもらえたら嬉しいな」

作ってもらえるのは夏彦のはずなのに、作る未仔側の方が嬉しそうに見えてしまう。それくらいの天真爛漫スマイル。

現代に生きるナイチンゲール、ここにありけり。

もし、夏彦にイケメン特有のスマートさが搭載されているのなら、サイヤ人の王子よろしく、ビッ、と二本指を突き立てる程度の感謝で済ませただろう。

地球育ちの夏彦にプライドなどない。

「お言葉に甘えて、よろしくお願いします！」

明日の弁当、オラわくわくすっぞ状態。

だがそれでいい。素直こそ夏彦の良い所なのだから。

「ナツ君は、苦手なモノや食べれないモノってある？」

「大丈夫大丈夫。未仔ちゃんが作ってくれる弁当なら、何でも美味しく食べれちゃうよ。仮にアレルギー持ちでもイケるさ！」

「アレルギーのある食べ物は食べちゃダメだよ……？」と未仔は心配そうに夏彦を見つめるが、当の本人は何を出されても全て平らげる気満々。ブラックコーヒーと同じ轍を踏む気満々。

程なく歩いていると、夏彦へと寄り添っていた未仔が離れてしまう。

横断歩道の向かい側に、スーパーが見えたから。

「それじゃあ、明日のお弁当の食材買って帰るね」

「あ。それなら俺も付いていくよ。荷物持ちするし」

「ちゃんとお代も払いたいしさ」と夏彦は同行しようとするが、首を振られてしまう。

「気にしないで大丈夫だよ。それにね？　ナツ君来ちゃったら、どんなメニュー作るか食材で分かっちゃうから」

弁当箱を開けるまではネタバレ禁止。あくまで夏彦基準に世界が回っている未仔らしい言葉である。

となれば夏彦は、幸せを噛みしめつつ、見送ることしかできない。

「分かった。それじゃあ、今日はここでお別れだね」

「うんっ」

暗くなった空でも、ハッキリと分かる未仔の笑顔に、夏彦は改めて可愛い子だなと思ってしまう。

同時に、「そんな可愛い子が自分の彼女になったんだ」と再認識してしまう。

さすれば、感謝もしてしまう。

「未仔ちゃん、改めてよろしくね」

一瞬こそ未仔は大きな瞳を見開くが、直ぐに夏彦に負けじと深々と頭を下げる。

「こちらこそ、不束者ですが、よろしくお願いします」

まるでプロポーズをした側とされた側。

慎ましいやりとりではあったが、顔を上げた未仔は、「えへへ……♪」と嬉しさを前面に押し出した満面の笑みのまま。

そして、

「ナツ君は私の憧れの人なの」

「俺が、……未仔ちゃんの？」

憧れの人だから好きになった。そう言われていることくらい夏彦にだって直ぐ分かる。

ならば、自分に憧れを抱く理由やキッカケは何だろう？

未仔との思い出を掘り起こそうとするが、掘り起こす猶予まで未仔は与えてくれない。

というより、自分のことをキラキラとした表情で語ってくれる彼女に見惚れてしまう。

「ナツ君がカフェで言ってくれた言葉、すっごく嬉しかったの」

「カフェで？　……ああ」

『未仔ちゃんを傷つけるようなことはしたくない』

未仔が言っているのは、この言葉のことに違いない。

「やっぱり、ナツ君は、私が大好きなナツ君だなって」

大好きなんて言葉を聞き慣れていない夏彦は、照れることしかできない。

そんな夏彦に、離れていたはずの未仔がまたしても擦り寄って来る。

背伸びしつつ、耳元で囁くのだ。

「だからね、ナツ君」

「？」

「ナツ君になら、何をされても私は受け入れられるよ？」

「っ!!!　み、みみみみ未仔ちゃん!?」

鼓膜から脳へと入り込む甘美な言葉に、夏彦は熱暴走待ったなし。

勿論、未仔も何をされてもの意味を分かって発言している。

理解しての発言だからこそ、未仔自身も顔を赤らめている。

「ナツ君っ、また明日学校でね！　ばいばい！」

「ば、ばばばば、ばいばい、ばいばいばい………………」

スーパー目指して駆けて行く未仔に、半ば無意識に手を振り続ける夏彦。

未仔が見えなくなってから、夏彦は呟く。

「俺の彼女可愛すぎだろ……」

※　※　※

帰宅した夏彦は、玄関で靴を脱ぎつつ考えていた。

妹にどう説明したら良いものか、と。

中々に衝撃的なニュースだろう。兄と仲の良い友達が付き合うことになったのだから。

カミングアウトするか否(いな)か……。

しばし悩んだ結果、

「うん……。とりあえず、今日はいっか……」

夏彦、保留を選択。

自分だけの問題ではなく、未仔にも関わってくる問題。故に単独で決めていいものではないという判断の下(もと)。

合理的に見えて、ただの先延ばしである。

やはり、妹にカミングアウトするのが、めちゃくちゃ恥ずかしいのだ。

「今は幸せを1人噛(か)み締(し)めよう、ベッドの上で嬉しさに悶絶(もんぜつ)しよう」と胸に誓いつつ、夏彦は2階にある自室の扉を開く。

「あ。夏兄(なつにい)おかえりー」

「……おう」

扉を開けば、夏彦の妹、新那がベッドの上でうつ伏せに寝転がっていた。

まるで自分の部屋のようなくつろぎよう。テーブルにはお菓子やジュースが並べられ、お気に入りのペット動画をタブレットで視聴中。夏彦のタブレットである。

夏彦は特に驚きはしない。

わりかしに日常茶飯事なのだ。末っ子気質な妹が、自分の部屋に遊びにくるのは。

新那自身も悪気を毛頭感じておらず、にへら〜と屈託のない笑顔で夏彦に尋ねる。

「夏兄もお菓子食べる？　ジュース飲む？　それとも一緒に動画見る？」

「新婚夫婦みたいに言うなよ」

新那の性格を一言で表すと、おっとりマイペース。

争いを好まず、家族の夏彦ですら新那の怒ったところを見たのは、いつか思い出せないレベルの温厚っぷり。さすがは傘井家の人間、夏彦の妹といったところか。

その温厚っぷりは、小中時代から高く評価されており、同じ学校、学年が1つ上の夏彦の耳にもよく入って来るほどだった。

マスコット的人気とでもいうのだろうか。誰にでも人懐っこく、垂れ目で真ん丸な瞳が見えなくなるくらいに、にへら〜と笑えば、老若男女問わず癒されてしまう。

天然で抜けていようが、多少のミスやワガママがあろうが、この笑顔の前ではほぼほぼ許されてしまう。

夏彦以外には。

所詮は妹である。甘やかす気はサラサラない。

だからこそ、現状、最も気になることを夏彦は言ってやるのだ。

「俺の体操ズボンをパジャマ代わりに使うんじゃねえ」

ベッドでくつろぐ新那の下半身に注目。まごうことなき、夏彦の体操ズボンを穿(は)いている。

「勘弁してくれよ。俺、明日体育あるんだよ」

「えー」と新那は唇を尖(とが)らせる。

「だって、にーなのショートパンツ乾いてないんだもん」

「乾いてないからって、俺の体操ズボン穿いちゃダメだろ」

「にーながお尻丸出しで、風邪引いちゃってもいいの？ 夏兄ひどーい！」

「酷(ひど)いのはお前だ！ 俺にケツ丸出しで野球させる気かよ！」

ヘルメットとバットを装備すれば、変態バッターの完成である。

「大丈夫だよー。明日は、にーなの体操ズボン貸してあげるから」

「自分のあるなら、自分の穿けよ……」とツッコむのも悲しいだけ。

「ほら。別の貸してやるから」

夏彦はタンスから新しいハーフパンツを取り出し、新那へと差し出す。

のだが、

「おい……」

ハーフパンツを受け取る気ゼロ。

「はぁ〜♪　カワウソちゃん可愛いなぁ〜♪」

新那といえば、タブレットで視聴中のカワウソに、お熱状態になっていた。

瞳はキラッキラッ、ほっぺたはユルッユルッ。どっちがペットか分かったものじゃない。

ベッドでほんわかしている新那は、傍から見れば癒しの塊なのだろうが、夏彦にとっては干物女にしか見えない。

やはりそのようで、

「夏兄、お願ーい。にーなに新しいズボン穿かせて〜」

「……は？」

新那は、勝手に脱がしてと言わんばかり。うつ伏せ姿勢のまま、足を交互にパタパタと動かしてアピール開始。視線は相変わらずタブレットのままだが。

「お前、兄に何ちゅうこと頼んでんだよ……」

「だって、カワウソちゃんがすっごい可愛いところなんだもーん。いいなぁ〜、にーなもカワウソちゃん飼いたいなぁ〜」

「俺にとっちゃ、お前もカワウソみたいなもんだよ……」

「ありがと〜♪」

「別に褒めてねーわ！」

夏彦の叫びも虚しく、新那はゴロンと、うつ伏せから仰向けに。

そして、お気楽マイペースガールは夏彦が脱がせやすいよう、両膝を曲げ、足を大きく開いたままの状態を保つ。

その姿は、赤ちゃんがオムツを交換するときの体勢に瓜二つ。

夏彦は思う。

妹と赤ちゃんプレイ……？　と。

「夏兄まだー？　にーなを脱がせたいんじゃないの？」

「ひ、人を変態扱いすんじゃねーよ！　俺は着替えさせたいだけだからな⁉」

「そっかそっか。なら早く着替えさせて？」

「………。俺の反応が間違ってんのかな……？」

THE・一般市民の夏彦でさえ自分の常識が間違っていると疑ってしまうレベルの、新那のマイペースっぷり。

夏彦もあれこれ考えるのが馬鹿らしくなる。

故に吹っ切れる。

「分かったよ！　脱がすよ！　脱がせばいいんでしょうが！」

夏彦、意を決して、赤ちゃんのオムツ替え体勢になった新那のもとへ。

そして、ベッドへと膝をつく。

「ったく……。何が悲しくて妹のズボンを……」

不満を垂れ流しつつ、夏彦は新那の穿いている体操ズボンへと手を伸ばす。

実の妹だからヤラしい気持ちにはならない。

訂正。なってはならない。

「……脱がせるぞ？」

「はいは〜い」

いざ、行かん。

気分は爆弾処理班。

布越しとはいえ新那の身体(からだ)に触れるのは好ましくないと、細心の注意を払って、ゆっくりズボンを下ろしていく。

気分は果樹園で働くオッチャン。

新那のほっそりした生足を傷付けぬよう、優しく取り扱うようにソロリソロリ。

問題はココからだ。

「っ！」

新那のおパンティ御開帳。

下げれば下げるほど、新那の穿いているショーツが姿を現していく。薄水色の光沢がかった生地が夏彦の目に焼き付いてしまう。

所詮は妹のパンツ。

されど、生おパンツ。

良からぬこと、一切の煩悩も入れてなるものかと、夏彦必死。

（これは妹のパンツ、これは妹のパンツ、これは妹のパンツ、これは妹のパンツ、これは妹のパンツ、これは妹のパンツ、これは妹のパンツ、これは妹のパンツ、これは妹のパンツ、これは妹のパンツ……！）

この時点で、もはやボロ負け。

メンタルをへし折られそうになりつつ、ようやく夏彦は体操ズボンの回収を完了させる。

夏彦が脂汗を掻いているのに対し、

「きゃ〜〜〜♪　可愛い〜〜〜〜♪」

一方その頃、新那さん。カワウソがビーフジャーキーを一生懸命食べている姿に悶絶中。

バタバタと足を動かせば、剝き出しのパンツや生足がえっちらほっちら。

「悶えるな！　人の気も知らずに！」

「人の気？　夏兄は、にーなのパンツに興奮してるの？」

「⁉　し、しししてねーし！」

焦り具合が童貞のソレ。

これ以上、小娘のパンツ如きで掻き乱されるわけにはいかない。

夏彦は、さっさと新しいハーフパンツを穿いてもらおうとウエスト部分を広げる。

しかし、

「あ、待って夏兄」

「何だよ」

「ちょっとズレてるから上げてほしいの」

「？　ズレてるって何が——、！！！？？？」

理解できなかった夏彦も直ぐに理解してしまう。大赤面してしまう。

それもそのはず。仰向けから、うつ伏せに戻った新那のパンツに注目してしまったから。

そう、パンツがズレていた。

新那の小ぶりで、ぷりんとしたお尻から、可愛い割れ目が僅かにコンニチワ。

胸の谷間がザックリ開いているより、チラ見えしている方がエロい道理と同じ。

いくら妹であろうと、刺激的なものは刺激的。紙耐久の夏彦に耐えられるわけもなく。

「〰〰〰っ！　自分で戻せよ！」

「えー。でも、カワウソちゃんが可愛いから夏兄が——、「動画止めろやぁ！　ＹｏｕＴｕｂｅに停止ボタン付いとんの知らんのかぁぁぁ——！」」

・規格外のマイペース
・エロへ無頓着
・兄が人畜無害だと熟知している
以上から成り立つ、妹の離れ業である。

「夏兄はピュアだなあ」と、仕方なしに動画を停止させた新那は、自らの手でずり落ちていたショーツを上げる。

「コレも！」と、新しいハーフパンツを夏彦が突きつければ、新那は寝そべったままに受け取ったハーフパンツにも足を通す。無事着替え完了。

「最初から自分で穿いてくれよ……」

「善処しまーす♪」

間延びした返事&にへら～と笑っている時点で、改善の見込みは薄い。

「あ。そんなことより夏兄」

「何でお前は、一連の流れを軽く流せるんだよ……」

「ミィちゃんと付き合えるようになった？」

「…………。！！！？？？」

つくづく、一連の流れに戻りたい夏彦。

動揺を隠せるわけもなく、

「な、何で俺と未仔ちゃんが付き合うようになったの知ってんだよ!?」

「それじゃあ、２人とも恋人同士になれたんだ。おめでと～♪」

「呑気（のんき）かよっ！　でも、祝福ありがとう！」

新那も新那だが、夏彦も夏彦である。

お気楽ガールのまったり具合を見ていたら、夏彦の焦りも多少は緩和される。

「……ということはアレか？　未仔ちゃんが今日俺に告白することを、お前は知ってたのか？」

「んっとね。近々告白するのは知ってたけど、今日思い立ったのは予想外だったかなぁ」

「ん？　今日思い立った？」

「そうそう。今日の放課後、ミィちゃんと一緒に帰ってるときに見ちゃったから」

「見ちゃったって、何をだよ」

「夏兄が琥珀ちゃんに泣かされてたの」

「…………。⁉　み、見てたの⁉」

不意打ちすぎるカミングアウト。夏彦はコンビニ前で琥珀におちょくられていた記憶がフラッシュバックしてしまう。

新那がファイナルフラッシュ。

「見てたよー。琥珀ちゃんがブラチラしたり、おっぱい近づけたり、夏兄が『超絶に可愛い彼女を絶対作ってやるからな』って泣きながら逃げちゃったところも」

「イヤなとこ全部じゃねーか！　てか泣いてねーし！　超我慢してたし！」

我慢はセーフと考えてる時点で、もはやボロ負け。

「あの光景見られてたのかよ……。〜〜〜〜っ！　思い出すだけでも恥ずかしい！」

「相当恥ずかしいよねー」

「慰めろバカタレ！」

「よしよしする？」と首を傾げる時点で、新那に悪気はない。

夏彦は恥ずかしがりつつ、気になっていた謎が解けたことにスッキリもしていた。

未仔が辺鄙な高台にいた理由は、自分のことをわざわざ追いかけてくれていたからなんだと。

さらには、自分の彼女作ってやる発言に、告白は今しかないと勇気を出してくれたことを知ってしまえば、別の意味で顔が赤くなってしまう。

兄が絶賛悶絶中だろうが、妹はやはりマイペース。「そろそろドラマの時間だから、リビング行くねー」と新那はベッドから立ち上がる。

そして去り際、

「ミィちゃん、昔からずっと夏兄のこと好きだったんだから、大事にしてあげてね？」

「お、おう……。すごく大事にするよ……」

「うん♪」

笑顔の新那が部屋から出て行けば、代わりに夏彦がベッドへと倒れ込んでしまう。

妹の温もりとか残り香とか、まったく意にも留めず。

「未仔ちゃんが可愛すぎる……」

今は未仔のことで頭がいっぱいなのだ。

故に、ベッドに捨て置いたスマホが、ＬＩＮＥのメッセージを受信しても、ぼんやり眺めるだけ。

メッセージ主(ぬし)は琥珀。

【琥珀】ナツー。モンハンしよーぜー。

普段の夏彦なら、『お前はどこの中島(なかじま)だよ』とか『俺はカツオじゃねえ』といったメッセージを返しつつ、ＰＳ４を起動していただろう。琥珀とひと狩り行っていただろう。

けれど、今はモンスターをハントする気にはなれない。

幸せで胸いっぱいだから。

というより、未仔のことで頭がいっぱいだから。

寝転がって枕を掲げれば、その枕は未仔にさえ見えてしまう。

思わず、ぎゅっと力強く抱きしめてしまう。

思わず、身悶えてしまう。

「うぉぉぉぉぉ〜〜〜〜！　俺の未仔ちゃんが可愛いぃぃぃぃ〜〜〜〜〜！」

ベッドを縦横無尽に転がり悶(もだ)えてしまう。

いきなり、部屋の扉が開いてしまう。

「夏兄ー。にーなのスマホ、部屋に忘れ——、」

「うぉぉぉぉぉ〜〜〜〜！　俺の未仔ちゃんが可愛——、……ん？　…………。!!!

にににににに新那！！！？？？？」

そりゃ驚く。自分が悶えている光景を妹に目撃されてしまったのだから。

コンビニ前含め、本日2回も。

「夏兄」

「ひゃ、ひゃい！」

「ミィちゃんを抱きしめるときは、もっと優しくしてあげてね？」

夏彦、顔面大噴火。

「〜〜〜〜っ！　言われなくても優しくするから！」

◆◆◆

「ナツ君、何が好きかなぁ……」

スーパーに入った私は、精肉コーナーで睨めっこしていた。

お弁当のメインは、やっぱりお肉料理。

鶏肉なら唐揚げ？　豚肉なら生姜焼き？　牛肉なら時雨煮？

ナツ君が一番喜んでくれる、お弁当を作ってあげたい。

「♪」

ウキウキしちゃうな。思わず口角も上がってしまう。

ウインドウショッピングも楽しいし好きだけど、どうやら私は、大切な人の献立を考える時間のほうが好きなようだ。

嬉しくなればなるほど、「ずっと好きだった人の彼女になれたんだ」という喜びが、胸いっぱいに広がっていく。

告白したときのことを思い出してしまえば、今でもドキドキが止まらなくなる。

シンプルに、「ずっと大好きでした」って告白するつもりだったけど、勢いや焦りに身を任せすぎちゃったなと我ながら思う。

『おっぱい揉んでいいので、私と付き合ってください』

振り返ってみれば、とんでもない告白だ。

喜びから一変。ガラスに映る自分が、どうしようもなくエッチな女の子に見えてしまって恥ずかしい。

ナツ君的にはどうなんだろう。

ふと胸へと視線が行ってしまう。

おっぱい揉（も）みたいって叫んでたし、やっぱりエッチな女の子のほうが好きなのかな？

揉みたいって言ってたし、やっぱりおっぱいが好きなのかな？

男の子だもん。やっぱり好きだよね。

けどだ。ナツ君は言ってくれた。揉みたい気持ちはあるけど、それ以上に私のことを傷つけたくはないって。

あのときは、本当に嬉しかった。涙さえ滲（にじ）みそうになるくらい。

そんな優しいナツ君だからこそ、私としても何でも受け入れてあげたいという気持ちが強い。たとえそれが、胸を揉むことでも。

ナツ君が望むなら、その先だって。

「〜〜〜っ……！　これじゃあ、私のほうが望んでるみたい……！」

覚悟の先を想像しすぎたら、顔も真っ赤になる。

１つ２つと深呼吸を繰り返し、平常心を取り戻していく。今一番大事なことは、ナツ君に喜んでもらえるお弁当を作ることなのだから。

頰をピシャリと叩き、気合は十二分に入った。

「うん……！　美味しいお弁当作り頑張ろう！」

2章：彼女と下校は、男子高校生の憧れ

翌朝。夏彦(なつひこ)は学生の身分故、いつも通り学校へと登校していた。

春といえば、出会いと『別れ』の季節だからか。

いつも以上に、恋愛事情な話が夏彦の耳に入って来てしまう。

ロッカー付近にたむろする、リア充グループが、

「お前、女バスの部長に告白して撃沈したってマ？」

「う、うるせー！　彼氏いるから無理って言われただけだし！」

「えっ。じゃあ、彼氏いなかったら付き合えてたの？」

「…………………」

「……。今日、カラオケかファミレス行く？」

「…………行く」

と、慰め会を計画したり。

教卓周りにたむろする、オープンオタクな男2人が、

「知ってる？　〇〇たその中の人、一般男性と結婚だってよ」

「ファンだから知ってる……。俺らも一般男性なのに、何処で差が付いたんだろな……」

「収入？」

「顔じゃね？」

「「ハハハハハ！　………はぁ」」

と、届かぬ恋に絶望したり。

いつもの平々凡々、カースト ど真ん中の夏彦なら、中間管理職的ポジションならではのケアに回っていたのだろう。

コールセンター窓口担当ばりに、撃沈したリア充の愚痴を延々と聞いてあげたり。

迷える子羊たちを導く神父様のように、届かぬ恋に絶望した者たちに、「あの人たちは一般男性と言いながら、一般の職業じゃないから大丈夫だよ」と温かい言葉を掛けてあげたり。

しかし、今の夏彦が優先すべきことは、慰めることではない。

伝えること。

当然だ。自分にも春が訪れたのだから。

この幸せ、気の置けない友人たちと分かち合いたい。

友2人を自分の席に呼び出した夏彦は、神妙な面持ちで告げる。

「大変だ、琥珀と草次。俺に彼女ができた」

「朝から、しょーもない嘘つきなや」

「嘘じゃねーよ!?」

神妙な面持ち崩壊。夏彦渾身のツッコミが教室に響き渡る。

恋人ができたことを、いち早く友2人に知らせようとした結果がこのザマである。

琥珀に関しては大きな欠伸をしくさっているし、草次に関しては「帰っていいか？」と自分の席に戻りたがっている。

クラスの誰もが、「ああ。傘井のジョークね」と聞き流す。

平々凡々な男の真っ当な評価である。

凡夫な男、抗う。

「本当だって！　俺の命を懸けてもいい！」

「ナツ。残酷な話、人の命は平等ちゃうんやで？」

「俺の命はゴミってこと!?　そこは俺基準で考えてくれよ！」

「ゴミとまでは琥珀も言ってねーよ」と草次が呆れるが、夏彦としては自分がゴミかどうかを気にしている暇もプライドもない。

「草次！　草次は信じてくれるよね!?　どうでもいいって思ってるだけだよね!?」

「いつになく卑屈になってるな……。まぁ、ぶっちゃけ、そこまで信用はできねーかな」

「えっ」

「だってそーだろ。色恋沙汰の全くなかったお前が、昨日今日でだぞ？　証拠もないのに信じるほうが難しいだろ」

「まぁそう言われてしまえば……。で、でも本当なんだ！　証拠はないけども！」

「ちなみに、その彼女ってどんな子なんだ？」

「すっっっっっ〜〜〜〜〜〜ごく可愛くて、優しい子！」

「……。二次元の話？」

「違うわ！」

ますます訝し気な視線を送る2人に、夏彦必死。

「本当に可愛くて優しい子なんだよ！　頼んだブラックコーヒーが苦くて飲めなかった俺のために、ハチミツとかクリームをトッピングしてくれたんだよ！　鼻からコーヒー吹き出しても、引かないでティッシュで拭いてくれたんだよ！」

「お前、何やってんの……？」

「ブラックコーヒーの件は、草次を参考に頼んだから草次が悪い！」

ただの八つ当たりである。

琥珀はギャースカ騒ぐ夏彦を、もはや可哀想(かわいそう)な奴(やつ)と思っていた。

だからこそ、夏彦の肩にそっ、と手を置いてしまう。

「な、なんだよ」

「昨日、可愛い彼女を作るってウチに宣言した手前、そんな嘘ついてるんやろ？」

「⁉ ち、違う！ 本当なんだって！」

「もうええ。ウチが悪かった。せやから、ナツも嘘ついてゴメンなさい言うとき」

「いやいやいや！ だから本当——、」

「もうええ言うとるやろ！ どこに鼻からコーヒー垂らす男、好きな奴おんねん！」

「うわぁぁぁぁん！ コイツら全然信じてくれねぇ！」

信じてもらえないのは、日頃の行いが悪いから？

ではなく、日頃の行いが普通すぎるため。

平々凡々な男の宿命。

そんな普通な男を救うのは、やはり彼女の使命なのだろう。

「ナツ君？」

「⁉ そ、その声は……！」

その声はまさに天使。

鼻からコーヒーを吹き出す男を愛する天使降臨。

「未仔ちゃん！　未仔ちゃんだ！」

教室出入り口から自分を見つめる未仔へと、夏彦は大きく手を振る。

そのまま、おいでおいでと手招き。上級生クラス故、少々の気恥ずかしさのある未仔だが、会釈した後、小さな歩幅で夏彦たちのいる席へとやって来る。

その姿は、飼い主に呼ばれてテトテトやって来る子犬や子猫を彷彿。

琥珀と草次に散々疑われ、夏彦のメンタルはボッコボコだったものの、愛しの恋人の顔を見さえすれば、メンタルは完全回復してしまう。単細胞である。

「おはよう、未仔ちゃん。どうしたの？」

未仔も笑顔で挨拶を返すと、手に持っていたランチボックスを夏彦へと手渡す。

「あのね、お弁当届けにきたの」

「えっ。わざわざ持ってきてくれたの？」

「うんっ♪　別でおにぎりも握っておいたから、休み時間に食べてね」

「そんな配慮まで……！　ありがとう！　大事にいただきます！」

素直な気持ちで感謝を告げれば、未仔もさらなる笑顔で倍返し。

2人は幸せオーラ満開。バカップル上等である。

そして、『これが確固たる証拠です』と、夏彦は啞然状態の友2人に声高々と宣言する。

「紹介します！　俺の彼女の神崎未仔ちゃんです！　どうだ！　めちゃんこ可愛くて、死ぬほど愛くるしいだろ！」

自慢の彼女こと未仔は、どストレートに褒められるのはやはり恥ずかしい様子。

まるで琥珀と草次のことを、彼氏の親御さんとでも思っているように深々と頭を下げる。

「は、はじめまして。1年C組の神崎未仔って言います。えっと、その……、ナ、ナツ君の彼女です！　以後お見知りおきをっ！」

そんな姿も愛くるしいと、夏彦は称賛の拍手を送る送る。

一連の仲睦まじい光景を見ていた琥珀が、ようやくに口を開く。

「ナツ」

「おう。これで分かってくれただろ？　俺が狼少年じゃないって。いいさいいさ！　分かってくれたなら全部水に流——、」

「どこの劇団の子なん？」

「………。えっ？」

夏彦は気のせいだと思った。

というより、気のせいであってくれと願った。

「あ、あの、琥珀さん……？　未仔ちゃんは俺が雇ったわけじゃ――、」

「それとも、最近流行りのレンタル彼女ってやつ使ったん？」

「…………。だ、だから未仔ちゃんはレンタルしてきたわけでも――、」

「何にせよやで。親御さんから貰った小遣いを、無駄遣いしちゃアカンやん」

夏彦は思う。

数分前と同じパターンの奴やん、と。

「…………。ううっ！」

「ナッ君⁉」

夏彦、机に突っ伏してガチ凹み。

信じてもらえないのは、日頃の行いが悪いから？

はたまた、日頃の行いが普通すぎるため？

否。未仔が気立ての良い可愛い子すぎるため。

チート美少女キャラが、ＴＨＥ・一般人の夏彦と恋人同士になる過程が全く想像できないため。

琥珀の疑いは、未仔へも向けられる。

「なーなー」

「は、はいですっ」

「未仔ちゃんやっけ？　ナツに何か弱み握られてるん？」

「いえ、そういうわけでは……。でも！　本当に私は、ナツ君の彼女なんです」

「構へん構へん。お姉さんに正直に言うてみ？　正直に言うてくれたら、その弱みと一緒に、童貞の大事なところも二度と使えんように部位破壊したるから」

琥珀が両指をパキパキと鳴らしつつ、ターゲットの股間へと目を光らせれば、「ひっ……！　ぶぶぶぶ物騒なこと言うんじゃねぇ！」と夏彦は股間をガード体勢に。

昨日、モンハンをすっぽかした罪は重いらしい。

夏彦、涙目で抗う。

「何だよ！　何で俺に可愛い彼女ができただけで、そこまで怪しむんだよ！　嫉妬か!?　嫉妬だとしたら、そんな悲しい感情は捨てろ！　素直に祝福してくれ！」

恋愛事に疎い＆興味のない琥珀が、嫉妬に駆られるわけもない。

駆られるのではなく、買うだけ。

反感を。

「アホか！　そんなん怪しむに決まってるやん！　お前大抵ウチと遊んどるやん！　そんな奴が、いつ女子と知り合う言うねん？　お前どんだけ暇やねん！」

「俺と未仔ちゃんは、小学校時代からの知り合いなんだよ！　昨日、俺らのコンビニ前でのやり取りを偶然聞いてて、それキッカケで付き合うようになったんだよ！」

「昨日のコンビニ前ぇ？」

琥珀は昨日の一連のやり取りや、じゃれ合いを思い浮かべていく。

思い浮かべること数秒。最後に出てくるのは、夏彦が声を荒らげて叫んだセリフ。


『お前の、おっぱ――、胸なんかに目移りしないくらい、可愛い子とイチャイチャするから！　お前に自慢してやるから覚悟しとけ！　分かったか⁉』


琥珀は思う。

考えるだけ時間の無駄やったと。

「いやいやいやいやいや！　どんなキッカケやねん⁉　昨日の話聞いてて付き合うような物好きおるわけないやん！　おったら痴女やん！」

「お、おまっ……！　俺の悪口は良いけど、未仔ちゃんへの悪口は許さんぞ⁉　今すぐ未仔ちゃんに謝れい！」

「お前がその子に謝りぃや！　変態キャラまで押し付けちゃってゴメンねって！」

「ぐぬぬ〜〜〜〜！」」

水掛け論というか、熱湯掛け論。それくらいメンチを切り合う2人の言い分は激しいし、不毛。そして、醜い。

小学低学年な争いは続く。

「プレーン顔系男子のナツが、こんな可愛くておっぱい大きい子と付き合えるわけないやん！」

「プレーン顔って言うんじゃねえ！　せめて、嚙めば嚙むほど味のある顔って言え！」

「3時間後のガム顔が何言ってんねん」

「はぁぁぁ!?　30分後くらいの味は出せるんですけど!?」

「30分も3時間も変わらんわ！」

「いーや変わるね！」

「変わらん！」

「変わる！」

「おっしゃ！　そこまで言うなら味見したるわ！」

「えっ？　味見って何考え――、！！！？？？」

琥珀、歯をガチガチさせつつ、夏彦へと急接近。進撃の琥珀。

塩顔系男子やソース顔系男子の顔面は、調味料の味などしない。もちろん、プレーン顔系男子の夏彦も。

琥珀もそこまで馬鹿じゃない。アンパン顔系男子しか味はしないことくらい分かっている。すなわち、ただの嫌がらせである。

傍(はた)から見れば、美少女の過剰なスキンシップはとてつもなく羨ましい。けれど、被害者である夏彦からすれば、悪友のウザ絡み。

「ぐぐ……！　は、歯をガチガチさせて近づいてくるなぁ……！　喰種(グール)かお前は……！」

「ぎぎぎ……！　大人しく味見されんかいぃぃぃ……〜〜〜！」

己の顔面を食われてなるものかと、襲い掛かる琥珀の顔面をアイアンクローで必死に防ぎ続ける。

争いは小学低学年どころか、もはや幼稚園タンポポ組。

タンポポ組の光景に、草次は盛大に溜息(ためいき)づく。

「何やってんだか……」

今現在の草次は、夏彦と未仔の関係が恋人同士だということを少なからず認めていた。

前日、一足先に帰ったため、夏彦と琥珀の間で交わされたやり取りを草次は知らない。

故に、目前に彼女と名乗る少女がいるのだから、そこまで深く疑う必要もない。

しかし、それはあくまで『草次』に限った話。夏彦の人畜無害、平穏な性格を気に入っている草次だからこその評価。

夏彦に彼女ができた、という情報を聞いていたクラスメイトたちの反応は異なる。

カースト上位の女子2人、ギャル系女子の沢北朱莉（さわきたあかり）、文武両道女子の久方涼花（ひさかたりょうか）は、

「傘井の彼女がアノ子ってマジ？　う〜〜ん……、どう見ても釣り合ってないよね？」

「こらっ！　傘井君に失礼でしょ！　けど、…………。傘井君、何かイタズラに巻き込まれてる、……かも？」

文化系男子の2人、囲碁部の権田正輝（ごんだまさき）、eスポーツ同好会の宮村信人（みやむらのぶと）は、

「何でだろうなぁ。『羨ましい！』って感情が来ないといけないのに、『ハニートラップ？』って気持ちが先に来ちゃうんだよなぁ」

「分かるわー。てか、冴木（さえき）さん驚かすドッキリなんじゃね？　俺的には冴木さんにイジメられてるポジションのが羨ましいんだけど」

などなど。

大体の意見が、『夏彦自身がドッキリを仕掛けられている』か、『琥珀にドッキリを仕掛けようとしている』かの2パターン。

別にクラスメイトたちも悪気があって、恋人の存在を認めないわけではない。純粋に夏彦という存在に彼女ができることが想像できないのだ。

「貴方のこと、友達にしか見れないの。ゴメンね？」ランキングがあるのなら、ぶっちぎりの1位を獲得するレベルなだけに。

逆に称えても良いレベルだ。クラス替えして間もないにも拘らず、ここまで平々凡々なキャラが浸透しているのだから。驚異とも取れる。

有名人である草次と琥珀と一緒にいる一般人で有名なことも大きいが。

というわけで、夏彦に可愛い彼女がいるという真実が受け入れられるのには、未だ時間が掛かる。平々凡々な男の定め。

人の噂も七十五日というくらいなのだから、それくらい同じ日数、夏彦と未仔が一緒に居続ければ、自ずと周りの人物たちも2人の関係を認めてくれるだろう。

故に、

「ぐぐぐ……！　いい加減、俺から離れろ……！　噛みつこうとするなぁ……！」

「ぎぎぎ……！　ウチを騙した罰、モンハンの誘いを無視した恨み、ただのウザ絡み、この3点セットから逃げれると思うなぁ……！」

今現在の夏彦が、琥珀に食べられる寸前なのは仕方がない。

それが弱肉強食な世界の摂理。

いくら男女間の筋力差があるとはいえ、夏彦は椅子に座っている状態で、琥珀は立っている状態。夏彦のほうが圧倒的に分が悪い。

ついには、

「も、もう……限、界……！」「噛～ま～せ～ろ～！」

夏彦が琥珀ゾンビに噛まれてしまう。

既のところだった。

横から小さな影が、バッ！　と夏彦と琥珀の間に入り込んでくる。

その正体は未仔。

「！！！？？？　み、みみみみみみ未仔ちゃん⁉」

夏彦の顔が瞬時に沸騰するのも無理はない。

琥珀や草次、クラスメイトたちが驚くのも無理はない。

未仔が夏彦の耳たぶに噛みついていたから。

小さな口で、はむっと甘噛みで。

夏彦の耳たぶから唇を離した未仔は、琥珀のほうへと振り返る。

そして、力強く言うのだ。

「ナツ君は薄味なんかじゃないもん！」

小動物系女子が猛る。

まるでお気に入りのテディベアで、遊ばれてむくれる子供のような。

これ以上は触っちゃダメ！　と、未仔は立ち上がらせた夏彦を力いっぱい引き寄せる。

夏彦の腕が、自身の胸にずっぽし埋まるくらい、包み込むくらいに。

これは私の大切なものだと言わんばかりに。

小動物系女子、主にセクハラを加える琥珀へとキャンキャン吠える。

「ナツ君は私の恋人ですっ！　嚙んだり、抱き着いていいのは私だけなんですっ!!!」

未仔の魂の叫びを聞き、琥珀は絶句。

絶句しつつ想う。

「この子、ホンマもんの痴女なん？」と。

未仔も大概だが、琥珀も大概である。

一方その頃夏彦。

「〜〜〜っ……！」

「未仔ちゃんに甘嚙みされた……！」という朗報が、頭の中をぐるぐるとエンドレス再生中。嚙まれた箇所から『幸せ』という名の毒が全身を駆け巡っていた。

歯を立てず、耳たぶに押し当てられていた未仔の柔らかい唇の感触が忘れられない。取り乱しているにも拘らず、自分を傷付けないように甘噛みという心配りが、さらに夏彦の鼓動を速めてしまう。

結論。俺の彼女、最強に可愛い。

誰に信用されなくとも、もうどうでもいいという感情さえ芽生えている。

とはいえ、未仔としては、愛する恋人が狼少年にされていることが我慢ならない。

「皆さんも皆さんですっ！」

「「「「!!」」」」

琥珀だけではなく、夏彦のクラスメイトにも物申す。

「ナツ君は騙してなんかいませんし、騙されてもいません！」

頰をパンパンに膨らませてプンスカする姿は、アニマルプラネットなんかで観る小動物にしか見えないが、未仔としては大真面目。

大真面目だからこそ、

「これが一番の証拠です！」

「！！！？？？　み、みみみみみ未仔ちゃん!?」

衝撃再来。

それもそのはず、未仔がいきなり横から抱き着いてきたから。

これが目に入らぬかと、ぎゅううううう〜〜〜っ！　と。

「私は本当にナツ君のことが大好きなんだもんっ！！！！」

「っっっっっ……！」

女子特有の柔らかな肌は勿論(もちろん)、未仔の大きく形の良い胸がへしゃげ、これでもかと高密着。ミルクブラウンの髪や小柄な身体(からだ)からは、甘い花のような香りが鼻孔をくすぐる。何より、自分が大切にされているのだとハッキリと分かり過ぎる言葉。

夏彦、止めどない幸せに溺死状態。

呼吸を忘れるぐらい抱き着くことに集中していた未仔が、教室中を見渡す。

さすれば、カースト関係なく勢いに押された大勢の者たちは、コクコクコク！　と何度も首を縦に振り続けている。一部の人間など、「これが愛……！」と拍手すら送っている。

力技で一同を認めさせた未仔は、興奮状態から覚めてしまったようだ。

ハッ！　と小さな口を小さく開く。

「あ、そ、その……！　先輩たちに向かってごめんなさい！」

語勢を荒らげてしまった罪悪感、大好きな夏彦のためとはいえ公衆の面前で抱き着いてしまった恥ずかしさなど。様々な感情が未仔の顔を真っ赤にしてしまう。

普通の女の子なら、逃げるように教室を去っていただろう。

けれど、未仔の取る行動は、夏彦の背中に隠れる。

愛する恋人の背に、赤面する顔を押し付けて身を縮め続ける。猫や犬が自分の匂いで落ち着くのと同じように、未仔にとっては夏彦の匂いが一番の安らぎ。

それ以上に恥ずかしいのは夏彦。

「え、えっとその……、じゅ、純粋に恥ずかしい……っ！　幸せすぎてツラい！」

未仔に負けじと、顔を両手で隠して大赤面。

無理もない。大して脚光を浴びずに生きてきた平凡な男が、一同の注目を一点集中受けているのだから。さらには、未仔がどれだけ自分を愛しているのかを、これでもかというくらい、この短時間で思い知らされたのだから。

赤面する2人は互いに縮こまる。平常心を取り戻そうと、互いに身体を温め合うかのように身を寄せ続ける。

無駄な努力である。

そんな夏彦の後頭部にデコピンがかまされる。

攻撃主は草次。

「イテッ！　？　そ、草次？」

「照れてる暇あったら彼女送ってやれ。もうHR始まるから」

未仔を彼女だと認めてやりつつ、事態を収束へと導く。伊達に長いことイケメンをやっているわけではない。

友に活とさりげない優しさを入れられ、夏彦も少しだけだが落ち着きを取り戻す。

『恥ずかしがっている場合ではない。今は彼女を守ってあげなければ』と。

深呼吸を1回、2回とした後、

「未仔ちゃん、クラスまで送るから行こっか」

「う、うんっ……」

夏彦は未仔の手を握ると、自分の教室を後にする。

予鈴が鳴ったばかりの廊下は、数人のカバンを背負った生徒とすれ違う程度で、閑散としている。

手を繋いだままの未仔が、心配そうに夏彦の耳たぶを見つめる。

「ナツ君、ごめんね。痛くなかった？」

「いやいやいや！　全然痛くなかったよ！　丁度良かったというか、嬉しかったというか！　ははは！　……へ、変態みたいなこと言って、俺こそ申し訳ない……」

変態なことを言ったのだから、夏彦はドン引きされても不思議ではない。

勿論、未仔がドン引きするわけもなく。首を大きく横に振って夏彦の謝罪を否定する。

それどころか、

「未仔ちゃん？」

未仔が歩くのを止(や)めてしまう。

そして、悲しげな表情で頭を下げてしまう。

「本当にごめんなさい」

「えっ？」

「私がムキになったせいで、ナツ君、クラスに戻るの気まずくなっちゃったから……。仲の良い先輩も、もしかしたら怒らせちゃったかもしれないし……」

しょんぼりする未仔の手は、夏彦が握っておかなければ、離れそうなくらいか弱い。

儚(はかな)げな姿は、「自分が守らなければ」という使命感をどうしようもないくらい駆り立たせる。

けれど、夏彦は気付いている。実際に守られたのは自分自身なのだと。

自分を守ってくれた彼女が、今も尚(なお)、自分を想って落ち込んでいる。

だとすれば、やるべきことくらい分かっている。

「？　ナツ君？」

夏彦は未仔の手を、優しくも力強く握り締める。

絶対に離すものかと。

さらには、ゆっくりと諭すように未仔へと語り掛ける。

「ごめんね、心配掛けちゃって。けど、何も心配いらないよ」

「でも……」

「クラスの皆は、俺のことが嫌いで疑ってたわけじゃないからさ。俺に可愛い彼女ができたことにビックリしすぎただけだよ。だから、あんなことで不快に思う奴なんていないし、特に琥珀――、えっと、あの関西弁の奴は、特に気にしなくて大丈夫」

「そう、なの？」

「うん。アイツは男勝りでガサツな奴だけど、俺のことを一番分かってくれてる友達だしさ」

「分かり過ぎて一番混乱してるんだよ」と語る夏彦も、琥珀の良き理解者。互いに信頼している悪友、相棒だからこそ何も心配はしていない。

夏彦は少し間を置く。

そして、

「だからさ」

「俺が頑張っていくよ。誰もが未仔ちゃんとお似合いの彼氏だって思うように」

「！」

夏彦の言葉に、未仔の瞳がさらに大きなものに。

そんな未仔の驚く表情に、夏彦は少々照れくさそうに笑う。

「年下の子に追いつこうとしてる時点で、情けない話ではあるんだけど——、!?　み、未仔ちゃん……っ!?」

話を聞くまでもない。そもそも我慢ができない。

そう言わんばかりに、未仔が夏彦へと真正面から抱き着く。

それはそれは愛(いと)おしそうに、背中に手を回すくらいの抱擁で。

「っ……！」

朝っぱらから夏彦の鼓動は速まることばかり。

廊下のド真ん中故、いつ誰に見られるか分からないドキドキが、さらなる高鳴りへと導いていく。

「み、未仔ちゃん……！　さすがにココでは——、」

「ナツ君が頑張るなら、私も頑張る！」

今度は夏彦の瞳が大きく開いてしまう。

「私もナツ君に似合う彼女になれるように精一杯頑張るから。だから、これからもよろしくね？」

惜しみのない笑顔で見上げてくる未仔に、夏彦は悶絶必至。

「未仔ちゃんが頑張ってしまったら、俺との差が縮まらないのでは？」という疑問が湧いてはくるが、今の夏彦にとっては些細な問題。

何故なら、自分がもっと頑張れば済む話だから。

真正面から抱き着かれてしまえば、小柄な彼女の頭が丁度良いポジションにあることに気付いてしまう。

撫でる以外に選択肢はない。

頭頂部、艶やかでサラサラな髪を上から下、上から下へと、丁寧に何度も撫で続ける。

撫でれば撫でるほど、

「えへへ……♪」

未仔の気持ち良さそうな声音が聞こえてくる。

夏彦は、どうしようもなく自分から抱きしめたい衝動に駆られてしまう。

けれど、自分から抱き着くのは、相応しい男になったとき。

グッ、と己の気持ちを我慢し、未仔の頭を撫でることだけに留める。

◆◆◆

ナツと未仔ちゃんとやらの後を追いかけてしまう。

2人の関係をもう疑ってはいない。けど、ウチ自身の頭が付いて行けていない。

やって、ナツの『可愛い彼女作って自慢してやる』宣言から、翌朝の出来事やもん。

しかもピンポイントにおっぱいデカい子やし。そんなん、ウチの胸に対抗して探してきたって思うやん普通。

階段を上がり切り、角を曲がろうとするが、踊り場で立ち止まってしまう。

ナツと未仔ちゃんの足音が止まっていたから。

踊り場からこっそり顔を覗かせれば、未仔ちゃんが落ち込んでいる？

どうやらウチらの教室で大声出して怒ってしまったこと、ウチに捲し立てたことを反省しているらしい。

アホやなぁ。そんなん気にする必要なんてないのに。

てか、謝るのって完全にウチら側やん。

うーん……。一番疑ってたウチが代表して、今から顔出して謝罪したほうが良い感じやろか……？

紛らわしいタイミングで付き合い始めたナツには死んでも謝らんけども。

よっしゃ、と気合いを注入して足を踏み出そうとする。

けど、またしても急ブレーキをかけてしまう。

何故なら、

「ごめんね、心配掛けちゃって。けど、何も心配いらないよ」

ナツが頼もしいセリフを未仔ちゃんに言い聞かせていたから。

「クラスの皆は、俺のことが嫌いで疑ってたわけじゃないからさ。俺に可愛い彼女ができたことにビックリしすぎただけだよ。だから、あんなことで不快に思う奴なんていないし、特に琥珀――、えっと、あの関西弁の奴は、特に気にしなくて大丈夫」

夏彦は続ける。

「アイツは男勝りでガサツな奴だけど、俺のことを一番分かってくれてる友達だしさ。分かり過ぎて一番混乱してるんだよ」

全て見透かされているようで、思わず照れもする。

「……さすがナツ。よう分かっとるやん」

ウチがワンパターンな奴みたいで少々腹立たしいけど、それ以上に嬉しい気持ちが勝ってしまう。

ほんま、アイツは『ド』が付くほどのお人好し、ド人好しやと思う。

あれだけウチらに疑われていたのに、ウチらのカバーまでしてくれるのだから。

「俺が頑張っていくよ。誰もが未仔ちゃんとお似合いの彼氏だって思うように」

「モブキャラが何言ってんねん」と思わず小声でツッコんでしまうが、応援したい気持ちは強い。

ナツは親友であり、恩人でもあるから。人嫌いになっていたウチに手を差し伸べ続けてくれた唯一の存在だから。

それに、友としても素直に嬉しかった。

ナツは周囲に気を遣ったり遠慮するクセがある。自分を第一に考えない傾向にある。

そんなナツが、変わる努力をすると言っている。変わりたいと言っている。

友としては、昨日今日できた彼女に、ひっくり返された感じが複雑な気持ちではあるんやけど。

複雑な気持ちが吹き飛ぶ。未仔ちゃんがナツを力いっぱい抱きしめ始めたから。

「ありゃりゃ〜。やっぱ、あの子は見かけによらず大胆な子なんやなぁ〜」

茶化しに行くのもアリっちゃアリやけど、あの子に悪いことしたのもあるし、ここは大人しくしておこう。

「さて……。ウチは教室戻ろっと」

ナツが紛らわしかったとはいえ、火を付けてしまったのはウチなんやから。クラスの火消し作業はしっかりせな。

面と向かって『おめでとう』とかは、恥ずいからよう言わん。

せやから、『末永くお幸せに』くらいは、人知れず願ってやろうと思う。

※　※　※

昼休み。夏彦にとっては、待ちに待ったと言っても過言ではないランチタイム。

彼女の手料理の詰まったランチボックスを開けば、

「うぉぉ……！」

思わず感嘆の声も上がってしまう。

メインであろう唐揚げは、年頃男子がガッツリ食べられるようゴロッと大きめ。黄金色に輝く衣だけでも食欲をそそるのに、敷かれたレタスや味のアクセントに用意されたレモンや白髪ネギは、彩りまで楽しませてくれる。

サイドメニューだってすごい。梅シソが品良く香る卵焼き、カレーパウダー入りのポテサラ、キノコたっぷりのバターソテーなどなど。1品1品に愛情がたっぷり詰まっているのが、見ただけで伝わってくる。

夏彦、食べるまでもない。

「すごく美味（おい）しいです……っ！」

「ナツ君、まだ食べてないよ……？」

未仔としては、味の感想が欲しいような、純粋に嬉（うれ）しいような。

今現在、夏彦と未仔は勉強机をくっつけ合い、仲良く隣同士座っている。

2人きり？

NO。向かい側には琥珀と草次。

夏彦クラスにて、グループで食事中である。

「何でお前らがいんだよ」というツッコミを夏彦が入れることはない。何故（なぜ）ならば、夏彦と未仔が『皆で一緒に食べよう』という提案をしたから。

「じゃあ皆で食べよー♪」

夏彦にとって、おっとりマイペース妹がいるのは予想外だが。

「何で新那（にいな）がいるんだよ」

「夏兄とミィちゃんが、2人きりで食べるなら付いてこなかったよ？　けど、琥珀ちゃんや伊豆見先輩と食べるって言うんだもん。にーなだけ仲間外れはイヤだもん」

「ミィちゃん、夏兄がいじめる〜」と、新那が未仔の肩へと擦り寄れば、未仔は夏彦に目で訴える。「駄目だった……？」と。

「いや、全く問題ない！」

可愛い彼女に駄目と言えるわけもなく。

「はい、にーなたちの勝ちー♪」と喜ぶ妹とは対照的に、琥珀と草次はイマイチ腑に落ちないといった様子。

ついには琥珀が、

「なぁ。ホンマに2人きりで飯食わんでええの？」

2人としては予想どおりの反応。故に、自信を持って「うん」と夏彦は頷く。

「皆、もう疑ってはないと思うけど、今みたいに『本当に付き合ってます』ってアピールしていったほうが、心から納得してくれると思うからさ」

夏彦の朗らかな笑みにつられるように、未仔も同意見だと大きく頷く。

さらには、「あのっ」と琥珀へと話しかける。

「ん？　どしたん？」

「さっきは大声出してしまって、ごめんなさ──、」

「ストップ！」

「!?」

未仔の言葉を遮った琥珀は、ハッキリ、堂々と言うのだ。

「謝られたらウチも謝らなアカンくなる！　だからアカン！」

「……………。？？？」

未仔、クセの強い関西弁に混乱状態。

「琥珀はこう言ってるんだよ。『ウチと未仔ちゃん、どっこいどっこいだから、お互いに謝るくらいなら水に流そう』って。ゴメンね、コイツは不器用な奴だからさ」

さすが夏彦。いつも一緒にいるだけのことはある。

琥珀は照れている？　怒っている？

「〜〜〜っ！　恥ずいからハッキリ訳すなやっ！　愛妻弁当、お前より先に食ったろかい！」

「何で!?　マ、マジで唐揚げ食べようとするなぁ！」

本気で唐揚げを強奪しようとする琥珀と、必死にランチボックスをガードし続ける夏彦。

そんな光景にキョトンする未仔へと、草次が語りかける。

「まぁ、コイツら基本こんな感じだから、温かい目で見てやってくれよ」

一進一退の攻防を繰り広げる夏彦と未仔、黙々と弁当を食べ始める草次。

未仔は思わず笑みがこぼれてしまう。

夏彦・琥珀・草次の関係は、いつもこんな感じなんだろうなと。

※　※　※

放課後を知らせるチャイムが鳴り響けば、クラス一同が立ち上がる。

担任へと挨拶を終えて本日のお勤めが終了。

「急げ急げ！」

「先輩にどやされる前に準備すんべ」

「紅白試合前にアップしとこーぜ」

などなど。

春の大会が近いからか。部活に属する生徒たちは、部室やら準備室やらにドタバタと教室を去っていく。

夏彦は帰宅部故、慌てる必要がない。

昨日までは。

今日だけは特別。チャイムはまるでゴングに等しく、大急ぎで琥珀と草次のもとへと駆けつける。

勿論、2人と拳を交わし合うためでなく、両手を合わせるため。

「一生のお願い！　今日は未仔ちゃんと2人っきりで帰らせてください！」

男子高校生なら誰しもが憧れる、彼女と一緒に下校するという夢を叶えるため。

平々凡々な男だからこそ、恋人同士の鉄板イベントへの憧れは強いわけで。

純真無垢、キラッキラッな瞳で両手を合わせてくる夏彦に、2人の反応は凡そ同じ。

「見てるコッチが恥ずかしくなるんやけど……」

「だな……。初々しさが痛々しい」

「酷い！」

恋愛に興味がない琥珀、既に彼女がいる草次にとって、夏彦の一生に一回の頼み事は、

「シャー芯ちょうだい」レベル。

故に、

「はよ行き」「早く行けよ」

2人は『行った行った』と夏彦を追い払う。

「あ、ありがとう！」

却下パターンはないと夏彦も思っていたが、やはり嬉しいものは嬉しい。

「それじゃあまた明日！」と軽い足取りで教室から廊下へと夏彦は飛び出していく。

そんな夏彦を見送っていた草次が、琥珀へと話しかける。

「お前は彼氏作んないの？」

「えっ。草次、ウチに告ってんの？」

「その返しの時点で作る気なさそうだな」

「正解♪」

ニッコリ笑う琥珀は、本気で作る気ナシ。

しかし、琥珀が少々強がっていることに草次は気付いている。

遊び相手、悪友の夏彦に彼女ができたのだ。必然的に遊ぶ時間が少なくなってしまうのだから。

あのイチャイチャ具合が続くのなら、共有する時間がゼロになっても不思議ではない。

琥珀もまた、草次が言いたいことを理解している。

「まぁ、いつかはこんな時が来てもおかしくな――、」

「あのさっ！」

「？」

琥珀の会話を中断させたのは夏彦。

出て行ったはずの夏彦が、何かを伝え忘れたかのように教室へと顔を覗かせていた。

驚く2人へと夏彦は大声で言うのだ。

「俺、友人関係も蔑ろにする気はないから！　だから、明日は3人で一緒に帰ろう！　ジャンプとマガジンの日は、いつもどおりコンビニでたむろしよう！」

「「……」」

「あと！　2人さえ良かったら、未仔ちゃんも入れて一緒に帰る日も作ろう！」

「ごめん、それじゃ！」と、夏彦は2人の返事を待たずに今度こそ行ってしまう。

まるで、『2人の返答は聞かずとも分かっている』といったように。

いきなり戻ってきて、言いたいことだけ言って、台風のように去って行く夏彦に、琥珀と草次は顔を見合わせてしまう。

そのまま笑い合ってしまう。

何も心配することなど無かったと。

笑顔の琥珀が、草次の肩へとガッツリ手を回す。

「よっしゃ！　今日はナツの代わりに、草次にウチとの遊びに付き合ってもらおー！」

「いや、俺——、……まぁ、今日くらいは付き合ってやるか……」

大きく溜息づく草次だが、本気で面倒くさがっているわけではない。

この2人もまた、気の置けない友人同士なのだから。


校門前まで大急ぎで夏彦が向かえば、既に少女は立っていた。

見間違うわけがない。1年生の中でも低い身長にあどけない顔立ち、けれど、凛とした姿勢や佇まいには、可愛らしさ以外に華麗ささえ兼ね備わっている。

「ナツ君っ♪」

校舎からやって来る夏彦に気付いた未仔は、その場で待っている時間さえ惜しいと、愛する彼氏のもとへ急ぐ。

その姿は、出張から帰ってきた主人に、飛びついてくる子犬のような。

「待たせちゃってごめん！」

「ううん。私もさっき来たばかりだから平気だよ」

テンプレにして至高のやり取りである。

人生で一度は言ってみたい、言われたいセリフを自ずと達成した夏彦は、それだけでも大満足。

次々と欲求が湧いてしまうのは、男子高校生の性。

『手を繋いで帰りたい』

そんな欲求が洪水の如く溢れ出てしまう。

とはいえ、ココは公衆の面前どころか未だ学校の敷地内。当たり前に下校中の生徒たちが多数いるわけで。

『未仔ちゃんだって恥ずかしいに決まってる。うん、そうに違いない』と、半ば強制的に己の欲求を夏彦は閉ざす。

しかし、

「ナツ君、行こ？」

「っ！」

我慢など、愛する天使の前ではする必要がない。

甘えたな未仔が、当たり前に夏彦の手を恋人繋ぎ。さらには、二の腕に密着するように寄り添ってくる。

未仔の高めな体温、柔らかな感触がじんわりと夏彦の身体へと伝わっていき、あっという間に幸せの絶頂へ。

熱々でラブラブなカップルの陣形が完成すれば、やはり、下校する生徒たちの視線がすごい。未仔の大胆な行動にビックリする者や、羨望の眼差しを夏彦に送り続ける者など。

周囲の目など、夏彦は気にならない。

否。気にする余裕がない。

顔を赤くした未仔が、笑みを溢しつつ言うのだ。

「えへへ……♪　人前だとやっぱり恥ずかしいね？」

ハートの矢どころか、大口径マグナムが夏彦の心臓をズッキュン。

撃ち抜かれた心臓は、普通なら止まってしまうのだろう。しかし、夏彦の心臓は止まるどころか、爆音で高鳴り続ける。

夏彦の感想。

死ぬほど、かわええ……っ。

未仔の満開な笑顔は、桜並木の景観さえ、霞んでしまうレベル。

生きてるって素晴らしい……！　と身に染みて感じている夏彦へと未仔が話しかける。

「あのね、ナツ君」

「ん？　どうしたの？」

「寄り道したいところがあるんだけど、いいかな？」

夏彦が断る道理などあるわけがなく、二つ返事で了承すれば、２人は仲睦まじくも駅のホーム目指して歩き始める。

※　※　※

電車に揺られる2人の話題は、未仔の料理スキルについて。

「えっ。じゃあ中学生の頃から、家の料理手伝ってたの？」

「うん。本格的にお手伝いし始めたのはそれくらいかな」

へ～！　と夏彦は感心してしまう。

「えらいなぁ。ウチの新那にも見習ってほしいくらいだよ」

「にーなちゃん？」

「そうそう。料理は俺以上にからっきしダメだからさ。この前も、ねるねるねるねの分量間違えて、シャバシャバシャバネ作ってたくらいだし」

「シャバシャバシャバネ……。……ふふっ！　何そのお菓子！　あははっ！」

華奢(きゃしゃ)な肩を上下させ、目一杯笑う未仔は非常に可愛らしい。夏彦自身も笑顔が移ってしまうくらいだし、彼女を喜ばすことができたと誇らしさすら感じてしまう。

未仔は、「にーなちゃんらしいね」と目の端に溜(た)まった涙を拭いつつ、

「けど、私も最初の頃は、全然お料理できなかったから大丈夫だよ」

「ほんと？　未仔ちゃんは最初から要領よくパパパパッ！　ってやっちゃうイメージだけど

なぁ」

「ううん全然。最初の頃は、玉ねぎの皮をどこまで剝けばいいかも分からなかったし、火加減が強すぎて、外はこんがりだけど中は生焼けのハンバーグとか作っちゃったりしてたもん」

嘘偽りない事実なのだろう。未仔は当時のことを懐かしむかのようにクスクスと笑う。

それがいつ頃の話なのか夏彦には分からない。分からないが、今現在の未仔の料理スキルが、どこへ嫁に出しても恥ずかしくないレベルと知っているだけに、素直に感心してしまう。

感心だけでは、未仔は許してくれない。

「ナツ君に美味しい料理を食べてほしいなって、昔から練習してたの」

さらに、少々照れ気味に、勇気を振り絞りつつ言うのだ。

「だからね？　今日は今までの努力が報われて本当に嬉しかったな」

「……っ！」

夏彦驚愕。どこへ嫁に出しても恥ずかしくない彼女が、自分の家に嫁いでくれるんじゃやね……？　と思うくらいの胸の高鳴り。

「何をどうすれば、こんな可愛い子が地上に生まれるの？」と本気で考えてしまう。

「？？？　ナツ君、どうかしたの？」

「えっ⁉」

『君が可愛すぎて、不思議で仕方ありませんでした』

そんなチャラ男でも恥ずかしくて言えないセリフを夏彦が言えるわけもなく。

「な、なんでもないよ！　ははっ！　はははは！」

馬鹿笑う夏彦を許さないのは、未仔？　神様？

「ははは──、うぉっ……」「きゃ……っ」

電車がガタンと揺れ、２人はバランスを崩してしまう。

夏彦は出入り口前故、扉にもたれかかる。

しかし、未仔といえば、

「ごめんね。ナツ君、大丈夫？」

「う、うん……！」

ゼロ距離。むしろ密着し合っているのだからマイナス距離。バランスを崩した未仔は、前方にいた夏彦へと寄りかかってしまう。

正面同士で軽くぶつかったはずが、夏彦はノーダメージ。それどころか、ホイミされた感覚さえ味わってしまう。

それもそのはず。未仔の柔らかでたわわなオッパイという名のエアクッションが、緩衝材の役割を果たしていたから。

極め付けは、

「えへへ……♪　揺れが強いから仕方ないよね？」

密着具合が物足りないと言わんばかり。揺れという名のアクシデントに乗じて、さらに未仔が高密着してくるではないか。

「〜〜〜〜っ！」

どさくさに紛れて、ゴロニャンと懐いてくる未仔に夏彦は大赤面待ったなし。

『君が可愛いから仕方ないんです』

そんなことを激しく言いたい夏彦だが、言えるわけもなく。

地元の駅へと降り、昨日と同じ帰り道を歩く２人。

見知らぬ遠方の地さえ覚悟していた夏彦にとって、未仔が一体何処（どこ）を目指して歩いているのか皆目見当がつかない。

歩くことしばらく。ようやく目的地に到着したようで、未仔が足を止める。

夏彦としては意外な場所だった。

「未仔ちゃんの寄り道したい場所って、クジラ公園？」

クジラ公園。正式名称は中央総合公園。

遊具ゾーンにあるクジラを模した大きな滑り台のインパクトから、子供たちだけでなく大人たち含め、『クジラ公園』という愛称で親しまれている。

総合公園というだけあり、中々に敷地は広い。石階段を上がればサッカーや野球ができる程のグラウンドがあったり、芝生の生い茂った外周には一体誰が使うのだろうと言いたくなるような健康器具が所々に設置されていたり。

地元の小学生なら、全員がお世話になったことのある公園と言っても過言ではない。

勿論(もちろん)、夏彦や未仔も。

子供たちが仲睦まじく遊んでいる光景を見れば、「懐かしいなぁ」という言葉が夏彦の口から自然と零(こぼ)れる。

「子供の頃は、新那と3人で遊びにきたこともあるよね」

「うん♪」と頷(うなず)く未仔は、夏彦の手を握ったまま、軽やかな足取りでとある場所へ。

「ねぇ、ナツ君。この木覚えてる？」

未仔の指差す1本の大木を見上げれば、当時のことを思い出した夏彦は口角が上がってしまう。

「覚えてる覚えてる。未仔ちゃんと新那が降りれなくなった木だ」

夏彦が小学3年生、未仔や新那が小学2年生の頃。年下2人が興味本位で木登りした結果、思った以上に高かったため、怖くて降りることができなくなってしまう。

「あの時のナッ君、管理人のおじさんがゴミ袋に集めた落ち葉を全部持ってきて、クッションを作ったんだよね。それでも『怖いから降りれない』って私たちが愚図ってたら、ナツ君も登ってきてくれて、1人1人抱えて一緒に飛んでくれて」

「救出は成功したんだけど、そのあと管理人さんにバレて、こっぴどく叱られたっけ。危ない遊びするなって」

夏彦は、「ハハハ……、我ながら大胆な行動しすぎました」と恥じらう。

次いで、未仔に連れて行かれた場所は鉄棒台。

「ここで、私の逆上がりの練習に付き合ってくれたの覚えてる？」

「あ〜、あったね！　俺が『強化合宿だ！』みたいなこと言って、一週間くらい一緒に練習したやつだ」

夏彦が小学4年生、未仔が小学3年生の頃。体育の授業で鉄棒のテストがある未仔が、できない逆上がりの練習を1人していると、その姿を発見した夏彦がコーチングを請け負う。

「『俺が補助板代わりになる』ってナツ君が言ってくれて、何十、何百回も背中を貸してくれたの今でもハッキリ覚えてるよ。私が練習してるはずなのに、ナツ君のほうがクタクタになっちゃうくらい真剣に教えてくれて、本当に嬉しかったし心強かった」

「いやいや。ピアノのレッスンあるのに、まめが潰れるくらい一生懸命練習してた未仔ちゃん見てたら、そりゃ本気で協力したいって思っちゃうよ」

未仔が初めて逆上がりを成功させたとき、未仔以上に自分が大はしゃぎしていたことを夏彦は思い出してしまう。

未仔の思い出巡りツアーは続いているようで、次の場所へと案内される。

石階段を上がれば、グラウンドが一望できる。まだ夕焼け空というだけあり、小学高学年くらいの男の子たちがキックベースに精を出して遊んでいた。

「ナツ君、ここ一帯で何したか――、」

「缶蹴り！」

余程、思い出に残っているのか、夏彦即答。

未仔としても満足のいく答えだったらしくニッコリ微笑む。

当時は、夏彦が小学5年生、未仔が小学4年生の頃。未仔や新那以外にも大人数と一緒に遊んでいた。

夏彦が鮮明に覚えているのは、自分が鬼だったときのようで、

「いやぁ～、1コ下だと思って甘く見てたんだけど、サッカーのジュニアチームに入ってる奴らにボコボコにされたんだよなぁ。アイツら加減知らないから恐ろしかったよ……」

夏彦としては、年下に完膚なきまでにボコボコにされた苦い思い出である。

しかし、未仔にとっては違う。

「あのときのナツ君、別の友達と遊んでたのに、中々鬼から抜け出せない私のために缶蹴りに参加してくれたんだよね」

「……そ、そうだっけ？」

一瞬の間を置く夏彦だが、実の話、しっかり覚えている。

覚えているけど、大船のつもりでやって来たのにズタボロの沈没船になったり、「ヒーロー見参、実はミスター・サタンでした」みたいな感じになっているのが酷く恥ずかしかったのでしらばくれる。

未仔の発言どおり、当時の夏彦は自分の同級生たちとグラウンドで別の遊びをしていた。

故に、「新那や未仔ちゃんたちも公園で遊んでるんだな」くらいの認識だった。

だったのだが、夏彦は未仔の様子が気になり始めてしまう。
15、20分経っても未仔は鬼をやり続けていたから。

要するに、中々鬼を交代することができずに苦戦していたのだ。

逃げる側としては逃げることに必死。鬼側の気持ちなど汲むこともない。

だからこそ、客観的に見ることができた夏彦にとっては、今にも泣きだしそうな未仔を放ってはおけなかった。

結果、夏彦は同級生たちと別れ、未仔のもとに駆け付けた、という経緯である。

「ナツ君、カッコ良かったな。『俺が鬼でいいから、缶蹴り参加させて』って言ってくれたとき」

「お、俺を買い被りすぎだって。生粋の缶蹴り好きなだけだよ」

未仔はクスクス笑う。

「ナツ君、嘘下手」

「う……」

「いくら缶蹴りが好きだとしても、よっぽどのことが無い限り、一緒に遊んでいる友達と別れて年下の子たちとは遊ばないよ」

ごもっともすぎる意見に、夏彦は言葉を詰まらせてしまう。顔が赤いのは呼吸ができないからではなくて、シンプルに恥ずかしいだけ。

けど、未仔にとっては恥ずかしいことなど一切無く、むしろ誇ってほしいとさえ思っている。『自分を助けるという行為』を、よっぽどのことだと思ってくれたことが嬉しくて、幸せでたまらない。

たまらないからこそ、未仔は惜しみのない笑顔で夏彦に告げる。

「ナツ君は、私にとって優しい王子様なの」

「……あ」

愛する彼女の真心込もった言葉に、夏彦はようやく気付いてしまう。

告白された日の帰り道、自分のことを憧れの人と語っていた理由に。

小さな積み重ねだったのだ。自分には当然だと思っていた些細(ささい)な人助け、多くの人間が忘れてしまう小さな善意を、未仔は律義にも、健気にも、全てを心へと納め続けてくれたのだろう。

何気ない親切や気遣いは、人から評価されづらい。だからこそ、平々凡々、完全サポート型の夏彦は、日の目を見ない生活を送り続けてきた。

それでも構わないと思ってきた。自分の何気ない行動を『正当』に評価してくれる友が少しはいたから。

けれど、『正当以上』に評価してくれる人物は、未仔が初めてだった。自分を必要としてくれることが、こんなにも幸せなことなのかと涙さえ浮かびそうになる。というより、根性で我慢している。

自分にとっては、子供時代の遊び場の1つ。

未仔にとっては、好きな人との思い出が詰まった、たった1つの場所。

誰よりも優しいと思っている彼女が、自分のことを『憧れの人』、『優しい王子様』と言ってくれる。それがどれだけ光栄なことなのかを、夏彦は身をもって実感してしまう。

2人の思い出話は尽きない。公園にあるベンチに腰掛け、過去を振り返れば振り返るほど、笑い合えば笑い合うほど、また別の思い出が1つ2つと出てくる。

どのくらい話しただろうか。

未仔が沈みゆく夕日を眺めながら夏彦へ話しかける。

「あのね。最初はにーなちゃんが羨ましかったの」

「新那が？」

「うん。私一人っ子だから、こんなお兄ちゃんが自分にもいたらなって」

「そんなこと思ってくれてたのか……。全然知らなかった」

「でもね？」

「でも？」

「気付いたらナツ君のことを、お兄ちゃんとしてじゃなくて、異性として好きになっちゃってたの」

　未仔は堂々とした笑顔で言うのだ。

「今まで沢山優しくしてくれたし、助けてくれたんだもん。好きになっちゃうよ」

「っ……！　あ、ありがとう……」

　照れる姿も未仔としては堪らなく愛おしく、夏彦の肩へと身体を傾ける。

「ナツ君が中学に上がって、全然会えなくなってすごく寂しかったんだよ？　にーなちゃんとお家で遊ぶときは、『ナツ君いないかな？』って期待しちゃったりしてたもん」

「アハハ……、面目ない……。年月が経てば経つほど、『未仔ちゃん、俺のことなんか忘れちゃってるだろうな』って勝手に思い込んでてさ」

「私も同じようなこと考えてた。『ナツ君、私のことなんか忘れちゃってるかも……？』って」

　未仔が「そんなわけないのにね」とクスクスと笑えば、夏彦も「ほんとだよね」とつられて笑ってしまう。

「実はね？　奥手な私を後押ししてくれたのは、にーなちゃんなの」

「新那が？」

　思わぬ伏兵の名前に、夏彦は思わずキョトンとしてしまう。

「にーなちゃんが、『ミィちゃんと夏兄なら、絶対お似合いの恋人になれるからアタックするべきだよ』って」

「あいつ……」

「あと、『このままじゃ、夏兄の青春時代、彼女ができなくてお先真っ暗になっちゃうよ』って」

「あの野郎……」

上げて落とすスタイル。

事実なだけに夏彦、これ以上何も言えず。

新那が親友を後押ししたのか、兄を哀れんだのかは不明。

しかし、夏彦のことが大好きな未仔としては、ただただ静かに好意を寄せているだけでは何も発展しないことも理解していたようで、

「にーなちゃんの言う通り、いい加減ナツ君にアプローチしなきゃなって。だから、そのときに決心したの」

「？？？　何を決心したの？」

未仔は少々照れ気味かつ、包み隠さずに夏彦へと打ち明ける。

「ナツ君と同じ高校に入って、告白しようって」

「！」

薄々、「自分がいるから、未仔ちゃんは自分の高校を選んだのでは……？」と思ってはいたものの、予想が見事に的中すれば驚きは隠せない。

夏彦の記憶が正しければ、未仔の通っていた海乃女子中学は、中高大一貫のお嬢様校。よっぽどの理由が無い限りは、大多数の生徒はそのままエスカレーター式で高校に進学するだろう。

けれど、未仔は内部進学を希望しなかった。

「ナツ君もやっぱり馬鹿だなって思う？」

「いやいやいや！　馬鹿なんて思わないよ！　けど、キッカケが俺だからビックリするというか、申し訳ないと言うか……！　お、俺の方が海乃に入れるくらい勉強しておけばって……」

「海乃は女子校だよ？」と、未仔は夏彦の慌てっぷりにクスクス笑う。

「お父さんにも大反対されちゃった。『わざわざ別の学校を受け直す理由が分からない』って」

夏彦側の意見としても、父親の肩を持つわけではないが、どちらかと言えば反対寄り。理由は明白。自分が原因で、彼女の人生を台無しにしてしまう可能性が大いにあるから。

故に、申し訳なさすら夏彦は感じてしまう。

対して未仔はどうだろうか。

「大丈夫だから。ね？」

安心させるかのように、未仔は夏彦の手をそっと握り締める。

そして、優しく、ゆっくりと語りかける。

「私は間違った選択したなんて全く思ってないよ。今だけじゃなくて、5年後10年後も絶対に後悔してない自信があるくらいだもん」

ハッキリした確証などない。それでも、未仔の真っ直ぐな言葉、真っ直ぐな眼差しを見てしまえば、強がりではなく、まごうことなき真実なのだと夏彦は分かってしまう。

「勿論、学業を疎かにするつもりはないよ？　ウチの学校が、2年生からは特進クラスがあるのも知ってるし、私が興味ある教育系の大学への進学率も高いってことも調べたから。勢いでこの高校に入ったわけじゃないから安心してほしいな」

「そっか……。うん……、ならいいんだ」

「それにね、」

「？」

「一度しかない高校生活だもん。大好きな人と一緒に過ごしたいよ」

「……っ！」

未仔の天真爛漫な笑顔に、糖度２００％超えの言葉が合わされば天下無双。

「お、俺も一緒がいい、です……！」

「うん♪」

夏彦としては『貴方の可愛さには参りました』状態。表情筋は気を抜けばユルッユルになってしまう。

夏彦は分かっている。惚け続けている場合ではないと。

可愛い彼女がこれだけ目一杯尽くしてくれるのだ。自分だって目一杯幸せにしてあげたいと切に願ってしまう。

未仔の愛情に応えてあげたい。否、応えたい。

だからこそ、今度は夏彦自ら、未仔の手をしっかり握り締める。

そして、

「未仔ちゃん。今度の週末、デートしよう！」

未仔の大きくクリッとした瞳がさらに大きなものに。

夢にまで見た言葉だったからこそ、未仔は問い返してしまう。

「……いいの？」

「勿論！　というよりさ、俺が未仔ちゃんと、めちゃめちゃデートしたいです」

夏彦が照れつつ笑いかければ、未仔も負けじと、嬉し涙さえ滲ませて大きく頷く。

「はいっ♪」

デートの約束を交わしただけで、大いに喜んでくれる彼女が愛おしくてしょうがない。

最高のデートプランを練って、もっと喜んでもらうのだと、夏彦は密かに心へ誓う。

ニッコニコの顔には密かさの欠片もないが。

気付けば、夕陽も殆ど沈んでしまい、周囲の街灯が一斉に灯り始める。

「お。もうこんな時間か……。未仔ちゃん、時間も時間だしそろそろ帰ろっか」

「うん。今日は思い出の場所まで付いて来てくれてありがとね」

「いやいや、こちらこそ」と夏彦が笑顔で立ち上がれば、ルンルン気分継続中の未仔も寄り添うように立ち上がる。

デートに誘うことに成功した今の夏彦は、一味どころか二味も三味も違う。

だからこそ、『いつまでも未仔ちゃんにエスコートしてもらってばかりでは男が廃るぜ』と、未仔へと手を差し出す。

実にスマートな所作に対して未仔は、喜んでと夏彦の手をしっかりと握り締める。

のだが、

「ナツ君」

「ん？」

夏彦は振り向こうとした。けれど、振り向くことができなかった。

「っっっ！」

何故ならば、背伸びした小柄な彼女の唇が、自分の頬へと触れてしまっていたから。

未仔が夏彦にキスしていた。

夏彦、男が廃ると考えている余裕ナシ。人生で初キスである。

未仔の小ぶりな唇が離れると同時に、未仔と視線が合わさってしまう。

夏彦は勿論、未仔自身も顔は赤い。

「み、未仔ちゃん……！」

「えへへ……♪　また１つ公園での思い出が増えちゃったね？」

新たな思い出ができた未仔は大満足。「ナツ君、行こ？」と夏彦の手と腕に密着しながら歩き始める。

夏彦に大きな目標ができる。

次のデート、自分からキスしたい。

3章：ヘルプミー、親友

未仔へのキスを誓った翌日の放課後。

「琥珀。俺は未仔ちゃんのために、最高のデートプランを考えたいと思ってる」

「そーかそーか。せんべい1枚くれへん？」

「俺のデートプランが、せんべいに負けた……？」

愕然とする夏彦と、カチャカチャとバトロワゲーをプレイし続ける琥珀。

ヤル気満々な意思表示をした結果がこのザマである。

夏彦たちの通う学校から徒歩10分弱にあるワンルームマンションの一室。

この場所こそが、一人暮らしする琥珀の家であり、2人のメイン遊び場。

一番最初に夏彦が遊びに来た時は、ガサツとはいえ初めて入る女子部屋に緊張したものだ。しかし、いざ入ってみれば戸棚にはギッチリと漫画が陳列され、部屋隅には大量のジャンプが平積み、キッチンには買い溜めした大量のカップラーメン、冷蔵庫の中身はすっからかんだったり。いっちょ前に大好きなスニーカーは、コレクションとして玄関や壁などに丁寧にディスプレイされていたり。

「独身サラリーマンかよ」と夏彦がツッコんだのは記憶に新しい。

とはいえ、女子らしさの欠片もない部屋だからこそ、非常に居心地が良いのも否めないのだが。

夏彦は琥珀の命令どおり、テーブルに置かれた大袋からせんべいを1枚取り出し、「ほい」と手渡す。

しかし、敵グループと交戦中故、琥珀はコントローラーから手を離せなければ、テレビ画面からも目が離せない。

「ナツ、口」

「汗とかメスみたいに言うなよ」

ナース夏彦、ドクター琥珀の口にせんべいを献上。小言を言いつつ、半分に割って食べさせるあたりが夏彦の優しさであり弱さ。

「さんきゅー♪」

上機嫌にせんべいを咥える琥珀は、バリボリと食べつつも敵グループを1体、2体と沈めていく。

最後の1体が、態勢を立て直すべく奥地へと撤退していくのだが、琥珀の扱うキャラがスナイパーライフルを構える。

「ずどーん」と可愛い掛け声にそぐわない、えげつない銃声が響き渡り、一直線に伸びた弾丸が敵キャラの後頭部にめり込む。一撃死だ。

ほぼほぼ1人で敵グループを殲滅完了すれば、テレビ画面には『CHAMPION』の文字がデカデカと表示される。

「ひゃあ～～～。やっぱ、クレーバーのヘッショは決まると堪らんなぁ～」

夏彦は思う。「コイツは人の命を何だと思っているのだろうか……」と。

相棒がドン引いてしまうくらい、琥珀はFPSやTPS、格闘系といった男が好みそうなゲームが格段に上手い。夏彦が勝てるゲームと言ったら、ぷよぷよくらい。

夏彦を擁護するとすれば、夏彦は血なまぐさいゲームよりも、マイクラやどう森といった平和なゲーム派。ステータス画面にて、「ちっ……、キルレ下がった」と目を光らせる琥珀とは主戦場が異なるのだ。

勝負は終わったものの、次の勝利へと余念がない琥珀は、感度やボタン配置などの設定を微調整していく。

行儀悪くも器用に、口の動きだけでせんべいを食べ終わる琥珀が、あることに気付く。

食べカスが自身の胸に載っていることに。

タンクトップから零れそうな豊満バストを顎で指しつつ言うのだ。

「ナツ、胸に載った食べカス払って」

「！？！？？！？！」

童貞、荷が重すぎる仕事に大赤面。

「そ、そそそそんなもん払えるかぁ！」

「そんなもんって何やねん！　ウチが食べたせんべいは汚い言うんか⁉」

ムキになった琥珀はゲームなどしている場合じゃないと、「くらえ！」と胸に載った食べカスを夏彦目掛けて手裏剣感覚でサササッ！　とスライドさせ続ける。パイスラである。

大多数のモノにはご褒美となりえるハッピーパウダーも、被弾する夏彦としては哀れみの感情のほうが大きい。

「お前……。マジでどういう倫理観で日々を生きてきたんだよ……」

「えっ。…………。恥の多い生涯を送ってきましたって奴？」

夏彦、口が裂けても「正解」とは言えず。

琥珀はゲームする気が失せたようで、電源を落としてしまう。

怒りの感情は消えている様子だが、ぶぅ垂れる気は満々のようで、

「なんやなんや。一体いつからナツは、親友の困りごとにも耳を傾けてくれんようになったんや。反抗期か？」

「彼女できたての親友に、胸触らせようとする奴のほうがおかしいからな……？　というかさ！　俺のデートプランに耳を傾けてくれない奴に言われたくない！」

「デートプラン？」

あからさまに、厄介ごとだと言わんばかりに顔を歪ませる琥珀。

さらに琥珀は、床に置いているコーラの入った缶を、グビグビとビールの如く喉を鳴らして傾けていく。そして、空になったコーラ缶をタァァアン！　と力強く床に置くと、自信たっぷりに言うのだ。

「デートもしたことないウチにそんなこと聞くな！」

「………。い、潔い……！」

夏彦は思う。

確かに、コイツに相談しようと思った自分が馬鹿だったかもしれないと。

それでも夏彦は諦めない。

「デートプランの相談は最悪いいよ。でもさ！」

「でも何やねん」

「服は一緒に選んでくれよ！　俺がオシャレな服一着も持ってないの知ってるだろ⁉　カッコ良くないの知ってるだろ⁉」

「めっちゃ卑屈やなお前……」

「もとからプライドはない！」

さすがの琥珀もドン引き。

しかし、ドン引きしたからといって、同情するかどうかは話が別。

「面倒やから却下。連れションの行こーぜのほうがまだ魅力的やわ」

「お、俺の一世一代のデートが小便以下……？」

「一世一代のデートなら、自分独りでバシッと全部決めんかい」

「ご、ごもっともかつ男らしい……」

夏彦はつくづく思う。自分が女だったら、間違いなくコイツに惚(ほ)れていたと。

とはいえ、初デートに臨む身としては、心配で心配で堪(たま)らなくなるのは致し方ない。

自分が平々凡々な男だと自覚しているからこそ、1ミリでも高く背伸びしたくなる。

一世一代のデートに胸焦がれて生きてきたが、いざデートが決まれば、服やデートスポット、食事などで慌てふためくのが一般的な男子高校生の定めなのだから。

床に片肘ついて横たわる琥珀は、もはや休日のお父さんムード。

「そもそも、ウチに相談すること自体お門違いやろ。ウチの今の格好、ナツはオシャレやと思う？」

「………」

休日のお父さんと化した琥珀を、夏彦はまじまじと観察してみる。

トップスは無地色タンクトップ、ボトムスはスウェットハーフパンツ。

決してダサくはない。けれど、やはり年頃の女子高生ならば、モコモコのルームウェアであったり、マキシ丈のワンピースやらセットアップのパジャマなど、そういった部屋着を着こなしている。そういった者にこそ、オシャレの称号は相応しいだろう。

そもそも、男友達の前で露出度MAXな格好などしない。

総評。『オシャレではない。というより、その恰好で横たわるなエロい』である。

夏彦の表情で決着はほぼほぼ付いてはいるが、琥珀はダメ押し決行。寝そべったままにゴロゴロと目的地目掛けてローリングスタート。

話しかけるのも面倒だと、隣に座る夏彦ごと巻き込んで。

「ちょっ、琥珀⁉」

「ほれほれ。クローゼットまでナッも転がらんかい」

１８０度回ればたわわなバスト、１８０度回ればキュッとしたヒップが夏彦に襲い掛かり続ける。

「わ、分かったから押すな！」

『これ以上の幸せは未仔ちゃんへの裏切り』だと、夏彦も逃げるようにクローゼット目掛けてローリングしていく。

部屋隅のクローゼットまで辿り着けば、立ち上がるのも億劫な琥珀が、器用にもシンクロよろしく、足の指でクローゼットをオープン。

さすれば、スポーツメーカーのジャージ、アウトドアメーカーのマウンテンパーカーやモッズコートなどなど。可愛らしいというより、男らしい・スポーティー・カッコいいといった印象のアウターがずらり。

同じく隣に横たわる夏彦に、琥珀ドヤ顔。

「ウチが服を選ぶ基準は、オシャレよりも機能性や。フリル付きのスカート穿くんやったら速乾性の高いスウェットパンツ穿くし、女子っぽい甘ったるいコート羽織るんやったら、防水防風なゴアテックス素材のマウンテンパーカーを羽織る！」

「か、考え方が男……。というより、30代前半、仕事が忙しくてオシャレに然程興味を示さなくなったサラリーマンだ……」

年頃のＪＫならば、リーマン扱いされれば嫌な顔の１つでもするものだが、琥珀はケタケタケタ！　と意にも介さず白い歯を見せる余裕っぷり。

琥珀がクローゼット下にあるタンスを指差す。

「そこのタンスも開けてみ？　Tシャツは、ナイキやらニューバランスなんかのスポーツメーカーとユニクロばっかりやから」

「俺が言うのもアレだけど、琥珀も服装気にしたほうがいいと思う……」と、夏彦は呟きつつ、3段あるタンスの一番上を開ける。

そこには、

「っ⁉　こ、これは……」

白・紺・黒・水色などなど。丁寧に折りたたまれたショーツやブラがコンニチワ。

徳川埋蔵金が霞んでしまうほどの桃源郷が、タンスという大海原に広がっていた。

鼻血もののアクシデントに目ん玉ひん剝いてフリーズする夏彦に対し、琥珀は至って平常心。

「あ。ちゃうちゃう。その段は、ウチの下着ゾーンやから」

「〜〜〜〜っ！　頼むから段も指定してくれよ！」

「ちなみにウチお気に入りの下着メーカーは――、」

「みなまで言うなぁ！」

どっちが男で、どっちが乙女か分かったもんじゃない。

改めて、琥珀の服を見た夏彦は根本的なことに気付く。

自分がオシャレに無頓着なのと、琥珀の無頓着とではワケが違うことに。

夏彦と琥珀では素材が違いすぎるのだ。

要するに、イケメンや美少女に限るという奴である。

ユニクロの広告チラシなんかに載っている外国人が、ダウンとスラックスのシンプルコーデが死ぬほどおシャンティに見えるのに、いざ多くの日本人が同じ格好にトライするとチンチクリンに見えてしまう現象と同じ。

そういった現象が夏彦と琥珀にも起こっている。

そう。人生はエグい。

起き上がった琥珀が、ぽんぽん、と夏彦の肩を叩く。

さらには、すっごく真面目な顔でサムズアップ。

「いいカッコすんな。デートには、ありのままのダサい格好で逝け」

「〜〜〜〜っ！　それが最適解みたいなのが腹立つ！」

「それが最適解やで」とニッコリする琥珀に、いくら温厚な夏彦でも立ち上がらずにはいられない。

「テレフォン！」

「あん？」

「優秀なイケメンにテレフォンを使う！」

誰に電話するか、琥珀は聞く必要がない。

優秀なイケメン＝草次（そうじ）

２人にとっての共通認識である。

クローゼット前からテーブル付近へと座り直した夏彦は、スマホを取り出してＬＩＮＥから草次を検索。

あとは通話ボタンをタップするだけなのだが、夏彦の指が止まってしまう。

初めて喋（しゃべ）る間柄でもないのに、１つ２つと深呼吸。

おまけに、テレビ電話するわけでもないのに、前髪を気にしたり、襟元を正したり。

「？？？　ナツ、何をそないに、かしこまっとん？」

「いや……。よくよく考えたら、草次に電話するのって初めてだから緊張しちゃって……」

「お前は、好きな男子に電話する乙女か」

江戸っ子気質（きしつ）な関西女、再び夏彦のもとへとゴロゴロ。

今回はスピードを緩めるのも面倒だと、そのままダイレクトアタック。

「ぐおっ……！」と夏彦は声を上げるがダメージ０。それもそのはず、相も変わらず露出過多な悪友の『乳』という名のエアバッグは、いかなる衝撃も吸収してしまうクッション性を兼ね備えているから。

　自分の膝元に乳をめり込ませてくる悪友に、夏彦は顔を真っ赤にして非難。

「な、何でお前は羞恥心が無いんだよ！」

「恥じらいながら、突っ込んでくる奴(やつ)のがヤバない？」

「自分がヤバい自覚はあるのか……」と言葉を漏らす夏彦だが、琥珀としては気にする素振りもなく。

「そんなことより、はよ電話せんかい」

　にゅっ、と手を伸ばした琥珀は、ささっとスマホ画面の通話ボタン、ちゃっかりスピーカーボタンもタップする。

「あっ」と夏彦が声を出す頃には、時すでに遅し。３コールもすれば、相手側が電話に出てしまう。

　夏彦ド緊張。

「も、もしもし！」

『はーい』

「………。……あれ？」

夏彦が首を傾げてしまうのも無理はない。聞き慣れた草次の声ではなく、少し間延びした穏やかな女性の声が耳に入って来たから。

聞き慣れてはいない。けれど、聞き覚えがあった。

それは向こうも同じようで、スマホ画面から名前を確認したのだろう。

『夏彦君って、そーちゃんと仲良くしてくれてる子だよね？』

「……。えっと……。もしかして、草次の彼女さん？」

恐る恐るの夏彦とは対照的。草次の彼女は声音を弾ませ、

『ピンポーン♪ そーちゃんの彼女兼幼なじみの、瀬下奏でーす』

予想外な事態、友達の年上彼女の急襲に、夏彦てんやわんや。電話越しにも伝わるんじゃないかというレベルでビシッ！ と背筋を伸ばし、「ど、どもですっ！」とヘコヘコと高速お辞儀を繰り返す。

『いつもそーちゃんと仲良くしてくれて、ありがとね』

「いえいえっ、とんでもない！ むしろコッチのほうが、そーちゃ——、草次のお世話になりっぱなしなんで。というか、今もお世話になりたいから電話した次第でして……」

『あっ、だから電話してくれたんだ。ゴメンね、そーちゃん別の部屋にいたから、ついつい私が出ちゃったの』

『ちょっとスマホ届けてくるから待っててねー』と草次の彼女がご丁寧に保留モードにしてくれれば、夏彦は湧き出た額の汗をひと拭い。

「ふーぅ……、いきなりすぎて緊張したぁ……」と夏彦が深く息を吐き出せば、琥珀も負けじと息を吐く。

鼻から浅く。

「友達ん家(ち)に電話して、オカンが出てきたときの小学生か」

「ふ、不意打ちで頭真っ白になったんだから仕方ないだろ！　琥珀だってあるだろ？　麦茶だと思って飲んだらエリクサー飲んじゃったみたいなの！」

「しいたけの煮汁に喩(たと)えないあたりが、ナツの優しさと矮小(わいしょう)さがよく滲(にじ)み出とる」

「ほっとけ！」

『お前らは何を騒いでんだよ……』

「草次！」

先程までの緊張は何処(どこ)へやら。

待ちわびたイケメンの声に、夏彦は恋する乙女どころか、ヒーロー登場に安堵(あんど)するモブキャラ状態。

今は琥珀にいじめられていることを相談するよりも、彼女と家で何をしていたのかを聞くよりも、大事なことが夏彦にはある。

「草次って、彼女さんから『そーちゃん』って呼ばれてるんだね」

『電話切っていいか？』

「ごめんなさい！　切らないで！」

勢いよく立ち上がった夏彦、上半身90度、完璧な謝罪を披露。

まずは空気を和ませようとした結果の大失態である。

盛大な溜息(ためいき)をつくとはいえ、草次もそれくらいで電話を切るほど短気ではない。

『で、用件って何？』

「えっとさ……。週末に未仔ちゃんと、デ、デート！　する約束をしたんだけど、色々相談に乗ってほしくて……」

初々しいというか、聞いている側でさえ小っ恥ずかしさを覚える発言。

『何だよ、そんなことかよ』

「そんなことじゃないよ！」

夏彦、猛反発。

「草次だって初デートは緊張したろ？　俺はデート当日のことを考えると夜も眠れない！

グーグルの検索履歴は、『初デート』とか『高校生　デート』とか『鉄板　デートスポット』とか『彼氏　NG行動』なんかで埋まりまくってるくらいだよ！　知恵袋にだって相談したし！」

『お前、マジで何やってんの……？』

夏彦の惨めさに、草次も「初デートなぁ」と遠い昔を思い出そうとする。

そして、思い出そうとした結果の一言。

『悪いけど忘れたわ』

「くっ……、これだからイケメンは……！」

『顔の良し悪しは関係ねーだろ』

「関係ある！」と叫びたいところだが、無いものねだりは意味がないことを夏彦は重々理解している。伊達にフツメンをやってきたわけではない。

だからこそ、青狸に助けを求める野比家の長男よろしく、

「面倒だからって見捨てないで！」

『別に面倒だけで突き放してるわけじゃねーよ』

「やっぱり面倒も理由に含まれるんだ……」

『8割くらいな』

「8割もあるんだ……」

『おう』とドライかつナチュラルに返されてしまえば、夏彦も声を荒らげる気力さえ失ってしまう。卑屈にもなってしまう。

「ちなみに草次さん。差し支えなければ、残り2割の理由も教えていただけないでしょうか……？」

『だって、悩む必要ないじゃん』

「えっ？」

『あの子は夏彦の全てを受け入れてるし、初めてのデートだからって背伸びも気負いもする必要ないだろ』

夏彦としては、全くに予想外な回答。

草次としては、それ以外に選択肢は無いといった回答。

「で、でもさ！　初めてのデートなんだし、やっぱり万全な状態で臨むべきなんじゃないの……？　サプライズ的な要素とか盛り込んだりしてさ」

『ハッキリ言う。求めてるものなんて、女子1人1人で違うから』

「……。身も蓋もない……」

はっ、と軽く笑う草次だが、決して冗談で言っているわけではないようで、

『そんなもんだろ。そもそも、俺だって奏が何処に連れて行ってほしいとか分かんねーし、

誕生日とかクリスマスに何をプレゼントしたらいいかも分かんねーよ』

「そうなの……？」

『幼なじみだから付き合い長いけど、知らねーことも普通に多いって』

百戦錬磨のイケメンも、案外乙女心を摑めずに苦戦していることを知ってしまえば、不安定だった心にもゆとりができてくる。

『てなわけだ』と、草次は締めにかかる。

『そんな深く考えなくて大丈夫だって。夏彦がパジャマ姿でラーメン屋に連れて行ったとしても、あの子なら喜んでくれるだろうし』

「それって、未仔ちゃんを馬鹿にしてないよね……？」

『まさか。よくできた彼女だって思ってるぞ』

「……ども」

『お前が照れるなよ』と電話越しから笑われてしまえば、赤面していた夏彦の口からも、笑みがこぼれ始める。

自分なりの解決策を見出(みいだ)すこともできれば、不安で曇っていた心や表情も晴れやかなものになっていく。

夏彦は、「やはり、草次に相談して良かった」と心から思う。

「ありがとう草次。草次のおかげで初デートを幸せなものにできそうだよ」

『……。ほんとお前って、平然と恥ずかしいこと言えるよな』

「クールキャラなのに、毎年、彼女の誕生日とかクリスマスプレゼントに悩む草次には負けるよ」

『対面じゃなくて、電話で良かったな』

「殴ろうとしてるの⁉　冗談だから——、……あ、あれ？　切られちゃった……」

草次の性格的に、「用件が済んだ8割、愛想が尽きた2割くらいだろう」と夏彦は考察。

逆の割合も十分有り得るが。

草次宛てに、『本当にありがとう！』というメッセージとスタンプを送信し終えれば、沸々とヤル気が満ち溢れてくる。

そして、少しでもこの情熱を誰かに伝えたいと、一緒に話を聞いていた悪友に夏彦は話しかける。

「琥珀、俺頑張るよ。……ん？　琥珀？」

「zzz……」

「マジかコイツ……」

恋愛事に全く興味の無い琥珀、気付けばベッドの上で、うたた寝を決め込んでいた。

はだけている毛布を琥珀にそっとかけてやり、身支度を済ませた夏彦は立ち上がる。

最後に、『アホ』とチラシ裏に書いて、琥珀の額に貼り終える。

※　※　※

深々と更ける夜。

琥珀の家から帰宅した夏彦は、ある程度の調べものを終え、大きく背伸びする。

おまけに、高まる気持ちや鼓動を抑えようと1つ2つと深呼吸。

「よし……」

機は熟した。夏彦は操作し終えたスマホを耳へと付ける。

数コールも待てば、愛嬌(あいきよう)たっぷりな幸せボイスが聞こえてくる。

『ナツ君♪　こんばんは！』

電話相手は愛する彼女、未仔。

電話の約束などしていない。にも拘(かかわ)らず、耳を立てて尻尾をブンブン振り回す子犬のような声音に、夏彦の表情も思わず緩んでしまう。

しかし、今は声音やセリフに癒(いや)されている場合ではないと、気を引き締め直す。

「夜遅くにごめんね。今週のデートについて、どうしても相談したいことがあって電話したんだ」

『デートの、相談？』

「うん」

草次に助言されたあの時から、夏彦は言うべきことを決めている。

だからこそ、電話越しでも本音をハッキリと告げることができる。

「本当はさ。未仔ちゃんにデートの内容は何も相談しないで、自分だけの力でバシッと決めようと思ったんだ。けど、」

『……けど？』

「気付いたんだ。バシッと決められるか分からないデートプランを考えるくらいだったら、しっかり未仔ちゃんに相談したほうが良いデートになるって」

何も1人でカッコつける必要などなかった。

草次の言う通り、未仔は自分の全てを受け入れてくれている。

未仔は知っているのだ。夏彦の弱い部分や優柔不断なところも。

夏彦は気付いたのだ。全てをひっくるめて、未仔は自分のことを大好きでいてくれていることに。

拒まれてしまったらどうしようなどと、夏彦は恐怖しない。

「だからさ。俺の——、じゃなくて！　俺たちのデートプラン、相談に乗ってもらってもいいかな？」

彼もまた理解している。

愛する彼女が快諾してくれることに。

『喜んで♪』

夏彦もまた、未仔の全てを受け入れている。故に、未仔が相談に乗ってくれることを信じるのは容易かった。

容易くはあった。けれど、電話越しからでも伝わってくる未仔の笑顔を想像してしまえば、一気に嬉しさが溢れ出してしまう。「ありがとう！」と思わず頭も下げてしまう。

ネットで調べたデートスポットを、夏彦はウキウキ気分でスクロールしていく。

「最初のデートは、高校生らしく繁華街やモールがいいと思うんだけどどうかな？」

『うんっ。私もナツ君と色々お買い物したいなって思ってたから大賛成！』

「ほんと!?　良かったぁ〜……。あ、あのさ！」

『？』

「もし良ければ、未仔ちゃんに服の買い物に付き合ってほしいんだ。というか、色々とアドバイスをくれたらなって」

夏彦が照れ臭くも、「恥ずかしい話、オシャレには無頓着な生活を送ってきたもので……」と述べれば、未仔はクスクスと笑う。

勿論、『お前、ダサすぎワロタ』と馬鹿にしているわけではなく、

『全然恥ずかしい話じゃないよ。それじゃあ、お言葉に甘えてナツ君を着せ替え人形にしちゃおうかな？』

「き、着せ替え人形……？」

その魅力的なワードに、夏彦は妄想せずにはいられない。

アパレルショップの試着室。未仔が自分をカッコ良く、オシャレにしてくれようと、せっせと色々な服を用意してくれたり、着替えさせてくれたり。

着せたり、脱がしたり。着せたり、脱がしたり。

「是非ともよろしくお願いします！」

色んな意味を含んだ、よろしくお願いします。そんな夏彦の発言にも、未仔はドン引くこともなく微笑み続ける。

のだが、

『くちゅんっ』

未仔の鳴き声？

ではなく、可愛らしい音の正体はくしゃみ。

「だ、大丈夫？」

「えへへ……。ちょっと寒い格好してるから」

寒い格好と言われれば、琥珀の超絶ラフ、タンクトップ＆ハーフパンツな部屋着を夏彦は思い浮かべてしまう。

アリかナシかで言えば、大アリ。しかし、おっとり小動物系の未仔にしては少々意外な格好をしているのだというのが率直な感想。

そんな感想はあっけなく散る。

モジモジする未仔が、恐る恐る言うのだ。

『えっとね……？　ナツ君、笑わないで聞いてくれる？』

「？　う、うん」

『私、今裸なの』

「…………。ええっ⁉」

琥珀の格好の比じゃないラフすぎる格好に、夏彦、怒涛の衝撃。

健全な男子たるもの、裸の彼女が電話してくれている姿を想像してしまうのは自然の摂理である。

勿論、部屋ではスッポンポン系女子というわけではない。未仔は何故、今現在、裸なのかを説明する。

『入浴しながらスマートフォンを触ってたら、電話が掛かってきたの。「誰からかな？」って確認してみたらナツ君からなんだもん。ついつい嬉しくて、大急ぎでお風呂場から出て電話取っちゃうよ』

「ってことは、身体も拭いてないまま電話に出てくれたの？」

『……えへへ♪』

「〜〜〜〜〜っ！」

可愛さ不可避。彼女の咄嗟の行動や照れ笑いに、夏彦は悶絶せずにはいられない。

今すぐ抱きしめたい衝動にすら駆られてしまうが、現状の濡れ濡れで一糸纏わぬ姿を想像してしまえば、抱きしめるより先にすべきことがある。

「ご、ごごごごめん！　事情も知らずにダラダラ喋ってて！　風邪ひいちゃうから、お風呂に浸かり直してください！　電話はその後でしよう！」

『じゃあ、お言葉に甘えようかな。お風呂で電話できたら一番なんだけど、さすがに反響しちゃうもんね』

「反響しなかったら、電話してくれるの……？」と悶々とする夏彦に、『また後でね』と

告げた未仔が電話を切る。

切られた瞬間、夏彦もショート。

ベッドにダイブ。さらには、マットに顔を押し付けスパーキング。

「〜〜〜〜〜〜っ！　未仔ちゃんが健気(けなげ)で可愛すぎる〜〜〜〜〜っっっ！」

夏彦のオラ、ドキドキすっぞ状態に、「夏兄(なつにい)うるさーい」と隣部屋の新那(にいな)から苦情が入る。それでも夏彦は、この止めどない気持ちを静めることはできないとドキドキし続けてしまう。

◆ ◆ ◆

明日は、待ちに待ったナツ君とのデート日。

出発前にバタバタしないようにと、クローゼットからお気に入りのワンピースやニットセーター、この前買ったばかりのロングパーカーなどを取り出して睨(にら)めっこしてしまう。

「どれにしようかなぁ……」

「私はオシャレです」なんて口が裂けても言えない。やっぱり、服が好きなのとオシャレかどうかは話が別だから。

それでもだ。それでも、ナツ君が私を頼りにしてくれている。彼女としては、頑張ってナツ君に似合う服を選んであげたい。

明日のために、男の子向けのファッション雑誌を買って勉強したし、モールに入ってるメンズ店もバッチリ予習した。

あとは説得力ある可愛らしいコーデで、明日のデートに臨むだけだ。

鏡前でプチファッションショーを開催してしまう。

「ワンピースは定番すぎるかな？　でも、初めてのデートでパーカーはカジュアルすぎる気も……。このセーターは胸がちょっと苦しくなってきたし……」

繰り返し繰り返し、着替え続けていると、頭がショートしてしまいそうになる。

ついには限界。

「ナッツ〜」

下着姿のまま、ベッドに横たわるヌイグルミへと飛びついてしまう。

ナッツ。子供の頃からずっと一緒に寝ている、大きなクマのヌイグルミの名前。

名前は勿論、ナツ君から。

「ナッツ〜……。ナツ君が喜んでくれそうな服が決まらないよう〜……」

いくら顔を押し付けても、ギュッと抱きしめても、ナッツは何も答えてくれない。

ナツ君に告白する前日にも同じようなことをやっていた記憶がある。

ナッツに抱き着いた後は、決まって親友に電話してしまう。

『もしもーし。ミィちゃん、どうしたの？』

「にーなちゃ～ん……！」

情けない声を漏らしてしまえば、にーなちゃんも事情を察してくれる。だからこそ、穏やかに笑いかけてくれる。

『明日のデートで、まだ悩んでるの？』

「うん……」

『ミィちゃんは心配性だなぁ。相手は夏兄なんだから、心配する必要ないのに』

「けど、初めてのお出かけデートだよ？　少しでも可愛く見られたり、ナツ君好みの服装って何だろうとか考えちゃうよ」

『夏兄好みの服装？』

「ナツ君が好きそうな格好とか、にーなちゃんは知らない？」

『う～ん、そうだなぁ……。強いて挙げるなら、夏兄が最近やってるゲームの女の子は、バニーガールのコスチュームしてたくらいかな？』

「バニーガール？　………………うんっ！　にーなちゃん！　ドン・キホーテって24時間営業だよね？」

『ミィちゃん……、一旦冷静になろっか……』

私はよっぽど取り乱しているのだろう。おっとりマイペースな、にーなちゃんが苦笑いしているのだから。

『ミィちゃんがバニーガールの格好で歩いてたら、男の人に声掛けられっぱなしになっちゃうよ』

「だ、大丈夫っ。私なんかがバニーガールの格好してても誰も声なんか――、」

『少し前まで、ずっと言い寄られてた、ミィちゃんが何言ってんのさ』

「そ、それは……」

『毎日、連絡先聞いてくる隣クラスの男子に、「私には、ずっと大好きで大切な人がいるから、お付き合いできません！」って宣言したときは、夏兄は幸せものだなぁって、妹のにーなが感動しちゃったくらいだもん』

「〜〜〜っ、は、恥ずかしいよう……！」

当時のことを思い出しただけでも顔が熱くなってしまう。

ナツ君のことになると周りが見えなくなるクセは直さないとな。

『大丈夫だよ』と、にーなちゃんが私の恥をフォローしてくれる。

『夏兄のほうが、ずっと恥ずかしいことしてるから気にしない気にしない』

「ナツ君が？」

『うん。ここ最近、枕をミィちゃん代わりにして、激しく抱きしめてるんだよ？』

「……。へっ⁉」

『この前もベッドで暴れ回ってたよ。「未仔ちゃんが健気で可愛すぎる〜〜〜〜〜っっっ！」って』

「!!! ……そ、そうなんだ」

当たり前に驚いてしまう。

だって、今の私もナツ君代わりにナッツを抱きしめて電話しているから。

何なら、毎晩同じベッドで一緒に寝ちゃってる私のほうが、よっぽどな気さえする。

思わず口角が上がってしまうのは、私がナツ君を好きすぎるからだろう。

『あ、安心してね。夏兄も、ミィちゃんには乱暴に抱き着かないって言ってたから』

「は、恥ずかしいよっ！」

私が言うのもなんだけど、やっぱり人伝で言われるのは恥ずかしい。

にーなちゃんは、マイペースに『アハハッ♪』と笑う。

『そんな夏兄だから大丈夫だよ。「ミィちゃんを目に入れても痛くない」って言っちゃいそうなくらい、ミィちゃんのこと大好きだからさ』

「……ほんと？　そうだったら嬉しいけど……」

『夏兄の妹兼、ミィちゃんの親友が太鼓判押してるんだから信じてほしいな』

にーなちゃんの頼もしすぎる発言は続く。

『だからさ。あとは、ミィちゃんの気持ち次第だと、にーなは思うな』

「私の、気持ち？」

『うん。ミィちゃん自身が自然体に楽しめれば、夏兄もきっと喜ぶに違いないから』

「！」

核心を突かれたような。キュッ、と心を摑まれたような。

気付いてしまう。気付かされてしまう。

自然体、普段通りでいることが、明日のデートで一番大切だということに。

背伸びしようとしてたけど、私はいつの間にか、見栄を張ろうとしちゃってたみたい。

にーなちゃんに相談して良かった。デート当日までに気付けて良かった。

焦りはもうない。

にーなちゃんは電話越しでも、私が落ち着きを取り戻したことを理解してくれる。

『もう大丈夫だよね？』

「うん。明日のデート、目一杯楽しんでくるね」

感謝を告げ、最後におやすみを言い合って、電話を切る。

スマートフォンをテーブルに置き、ふと、ナッツに視線を合わせてしまう。

今はナッツではなく、ナツ君にしか見えない。

下着姿のままだけど、ナツ君に微笑みかけてしまう。

「ナツ君、明日のデート、沢山楽しもうね」

ナツ君なら、「勿論(もちろん)！」と笑って頷いてくれるんだろうな。

微笑では我慢できなくなってしまう。

そして、ナツ君の真似(まね)が無性にしたくなってしまう。

「ナツ君が健気で可愛(かわい)すぎる〜〜〜〜〜っっっ♪」

大好きが抑えきれず、ナツ君をムギュゥ！　と力いっぱい抱きしめてしまう。

「えへへ……♪　明日が楽しみだなぁ♪」

これからは、ナツ君を見習って、私もナッツを激しく抱きしめようと思う。

4章：未仔（みこ）ちゃんとの甘々デート

天気は快晴、絶好のお出掛け日和。

そう。本日は待ちに待ったデートの日。

玄関前の鏡にて、夏彦（なつひこ）は最後の身だしなみチェック。

朝シャンで洗いに洗いつくした髪は、ドライヤーでふんわりとセットしたナチュラルスタイル。

アイロンを何往復もさせた無地シャツはシワ1つなく、しっかりファブしたジーンズはウイルスや嫌な匂いとはバイバイキーン。

イケメン男子ならば、ワックスやムースでクセ毛風パーマを演出したり、前髪やサイドをルーズに流したりするのだろう。

オシャレ男子ならば、セレクトショップや古着屋で買った服を、プレッピースタイルだのスポーツミックスだのとコーディネートするのだろう。

そんなことが夏彦にできるわけもない。

しかし、できなくて良い。

気付いたのだ。一朝一夕でできないことを無理に実行するくらいなら、今の自分にできる範囲で努力するほうが最適解だと。

浅知恵で、薄くテロッテロッな生地のベストを羽織ったり、半端丈でシャカシャカなパンツを穿くくらいなら、ＡＬＬユニクロに頼ったほうが正解だと。

「よし……！」

全ての身支度を終え、夏彦は玄関扉を開く。

気分はカタパルトから射出したモビルスーツ。

夏彦行きます。

※　※　※

普段以上に身だしなみは整えたし、しっかり頭に入っているデートプランも今一度確認し直した。

それでも待ち合わせ場所に30分も早く夏彦が到着しそうなのは、目覚まし時計より早く目覚めたから。目覚まし時計も早めの時刻に設定していただけに、若干の眠さは否めない。

けれど、そんな睡眠欲などあっという間に吹き飛んでしまう。

「あれ……？」

待ち合わせ場所である、地元の駅前。

見間違うはずがない。

春の花が満開に咲き誇る花壇を背景に、愛する彼女が立っていた。

未仔だ。

町を彩るための花たちが、まるで未仔を彩るかのように、輝かせるかのように祝福し続けているではないか。

夏彦が、未仔のもとへと駆け足で急ぐ。

さすれば、夏彦の存在に気付いた未仔も、パァァァ！　と笑顔を咲かせる。

『未仔ｆｅａｔ．お花畑』の完成である。

「おはよう、ナツ君♪」

「お、おはよう！　すごい早いけど、いつからいたの!?」

「えっと……、15分くらい前、かな？　ナツ君のことだから、30分前には来ちゃってるかもなって」

まさかの45分前行動。さらには、自分のことを思っての行動だと知ってしまえば、夏彦の心臓はきゅーっと収縮し続ける。

トドメに、「楽しみすぎて、早起きしちゃったのもあるんだけどね」と舌をチロリと出されてしまえば、もう死んでもいい……！　と考えてもしまう。

しかし、死ぬにはまだ早い。今からデートを楽しむのは勿論のこと、彼女の私服すらしっかり拝めていないのだから。

紺色のハイウエストスカートに、レース調の大きな襟が特徴のシャツの組み合わせは、小柄な未仔を一層に愛くるしく魅せるガーリーコーデ。赤いリボンがワンポイントに付いた革靴も含めれば、「鏡の国から抜け出してきました」と言われても信じてしまうほどにアリス感たっぷり。

普段と異なるのは服だけではない。未仔の小ぶりな唇はいつも以上にプルルンと色っぽく潤っているし、髪や身体(からだ)から微(かす)かに鼻孔をくすぐる香りは、普段とは違うバニラ香。

総評。『未仔ちゃん、新世界篇(へん)』がスタートするでしょう。

可愛さ不可避。目に焼き付くどころか、目に彫り刻む者が続出するレベル。

脳にひたすらインプットされ続ける情報を、夏彦は思わず呟いてしまう。

「か、可愛い……」

「へっ⁉」

愛して止(や)まない彼氏のドストレート発言に、未仔も赤面待ったなし。

ガラス玉のようにクリッとした瞳をさらに大きくする未仔を見て、ハッ！　と我に返っ

た夏彦は大慌て。

「ご、ごめんね！　これじゃあ、いつもは可愛くないみたいだよね⁉︎　違うから！　いつもの未仔ちゃんもすっごく可愛いと思ってるから！　けど、今日は今日で新鮮味があったんだ。今日の服装は、小柄で小動物っぽい未仔ちゃんにピッタリだと思うし、透明感と可愛らしさがマッチしてて俺に突き刺さっちゃったというか……。と、とにかく！　めちゃくちゃ可愛いと思いました！　ううん！　めちゃくちゃ可愛いです！」

夏彦、呼吸すら忘れてマシンガン弁明トーク。

被弾した未仔は、どうなったかと言えば、

「ナツ君っ……！」

「う、うん？」

夏彦の袖をギュッ、と握り締めて言うのだ。

「もう一度、言ってもらってもいい……？」

「っ‼︎」

見上げてくる彼女のおねだりに、断る道理がない。

夏彦は照れつつも、

「え、えっと……。未仔ちゃんは、めちゃくちゃ可愛い、……です」

言ったほうもモジモジし、言わせたほうも負けじとモジモジ。

「えへへ……♪　ナツ君に褒められちゃった♪」

店員に、『ご一緒に未仔ちゃんはいかがですか？』と勧められたら即テイクアウトしてしまう。それくらい破壊力満載の未仔。

どれだけ課金しても手に入らないＳＳＳ級ヒロインが、手に入っている事実を改めて夢心地に感じてしまう。

ボーッ……、と昇天しそうな夏彦を見て、ハッ！　と今度は未仔が我に返る。

そして、深々と夏彦に頭を下げる。

「ナツ君、今日はよろしくお願いします」

「…………。!!!　い、いやいやいや！　コチラこそ本日はよろしくお願いします！」

お互いに初々しく頭を下げ合い、ようやくにデートが幕開け。

そんな2人で大丈夫かと思ってしまうが、心配する必要など全くない。

「ちょっと早いけど行こっか」

「うん♪」

頷いた未仔が、いつもどおり夏彦の腕へと高密着し、照れを帯びる夏彦も、いつもどおり未仔と歩き始める。

いつもどおりの幸せいっぱいな光景である。

「えへへ……♪　30分も長く、ナツ君とデートできちゃう♪」

幸せいっぱいに呟く彼女を見つつ、夏彦は密かに誓う。

『次のデートからは、前日夜から野営してスタンバろう』と。

※　※　※

10時に駅前集合のはずが、両者の意識が高すぎた結果、目的地に到着したのが10時ジャストという優秀っぷり。

電車に揺られ、辿り着いた先は大型ショッピングモール。

地方でも屈指の敷地面積を有し、店舗数もトップレベル。ファッションや生活雑貨、レストランやカフェ、映画館やゲームセンターなどなど。ここに来れば何不自由ない店の数々がラインアップされている。初めてのデートスポットとしては、打ってつけの場所ではなかろうか。

2人がまず向かったのは、本棟の中層階にあるファッションフロア。

未仔にエスコートされるがままに入ったアパレルショップは、ティーン層をターゲットにした店のようで、入っている客は若者が多く、服の値段もお手頃価格。

とはいえ、オシャレ初心者の夏彦には、踏み込んだことのない未開の地。

感じる必要がないアウェーさを感じまくっており、ショップ店員に「お前はオシャレレベルが足りない。田舎に帰りな」と中指を立てられるのではないかと無駄にビクビク。

店内に貼られたPOP広告もチンプンカンプンで、

『今年もライトアウターはMA-1がオススメ！』

『ピグメント加工　プルオーバーシャツ新色ラインアップ!!』

『一押し！　シアーマキシワンピ入荷しました!!!』

などなど。

「ガンダムとかバトロボ系の話ですか？」と首を傾げたくなるほどである。

普段なら撤退を余儀なくされていたであろう。

しかし、今の夏彦には未仔という彼女兼、頼れる求道者がいる。

今も夏彦のために、どんなコーディネートにも合わせやすいようにと、カーディガンやパーカーなどをピックアップしてくれている。

「ナツ君、お着替えしよっか」

「う、うんっ」

未だ緊張の抜けない夏彦を鏡前に立たせ、せっせと夏彦の手先、腕、肩へとカーディガンを通したり脱がしたり。また新しいパーカーやジャケットを通したり脱がしたり。

夏彦が新しい服装になるたび、未仔の表情が明るく朗らかなものになっていく。

しまいには、「ふふ……っ♪」と未仔は笑みをこぼす。

決して「お前に似合うトップス、無さすぎワロタ」というわけではない。

いつもの愛嬌たっぷりの笑顔で言うのだ。

「なんだか新婚さんみたいだね♪」

「!!!」

夏彦は思わず想像してしまう。

出勤前、スーツのジャケットを手に持った新妻の未仔が、まだまだ寝惚け眼の自分のために、えっちらほっちらと着替えさせてくれる。

「後ろ髪はねてるから、ちょっとしゃがんで？」と後頭部をブラッシングしてくれたり、

「ネクタイゆがんでるよ？」とネクタイを整えてくれたり、

「今日もお仕事頑張ってね」と行ってらっしゃいのキスなんかもしてくれたり。

仕事から帰ってきても、お帰りなさいのキス&ハグをしてくれたり。

そして、ジャケットを脱がしてくれた未仔が、最大のご褒美を言うのだ。

「ご飯あ～んする？　一緒にお風呂入ってゴシゴシする？　それとも、ラブラブ？」

と。

「～～～～～っ!!!」

「ナッ君!?」

妄想の世界から帰ってきた夏彦、顔を押さえて大悶絶(もんぜつ)。

「早く大人になりたいっ………！」

こんな可愛(かわい)い彼女がいるのだ。アウェーさや被害妄想など感じている場合ではないと気付いてしまう。

自分が着せ替え人形になるだけで、ここまで喜んでくれる嫁がいるのだ。ならば喜んでリカちゃん人形にでもシルバニアファミリーの婿養子にでもなろうではないかと思えてしまう。

夏彦の第一希望が、未仔の婿なのは言うまでもないが。

未仔もまるで察するかのように、「今は今を楽しも？」と天使の微笑み。

バカップルは健在。

さすがにボトムスまで鏡前で着替えるわけにはいかないと試着室へと移動する。

上下一式、初期アバターコーデから着替え直した夏彦がカーテンを開けば、当たり前にニコニコ顔の未仔がお出迎え。

「ど、どうかな?」

「うんっ! すっごく似合ってる♪」

夏彦に激甘な未仔なだけに、たとえ全裸にポシェットのスタイルで夏彦が登場したとしてもベタ褒めしていただろう。

とはいえ、オシャレビギナーの彼氏のために、しっかりと汎用性の高いアイテムでツボを押さえている。

トップスはTシャツ+カーディガン、ボトムスはスッキリしたシルエットが特徴のテーパードパンツ。シンプルかつ好き嫌いの分かれないコーデは夏彦にピッタリだ。

夏彦としても、未仔が一生懸命選んでくれた服一式を身に纏っているだけで幸せ状態。ニコニコ笑顔で似合ってるとまで言ってくれるのだから、今すぐにでもレジへ駆けつけたい所存である。

駆けつけたい。けれど、駆けつけることはできない。

「お邪魔するね」

「え……？」

何故(なぜ)なら試着室に未仔が入ってきたから。

退路を塞ぐかのように未仔がカーテンを閉めれば、閉鎖空間の出来上がり。

何を考えているのか。

「!!!　みみみ未仔ちゃん!?」

至近距離にいる未仔が、自分のシャツのボタンを1つ、2つと外していく。

半畳ほどの窮屈な空間で、未仔の脱ぎ脱ぎタイム突入。

夏彦には何が起こったか、何が起こっているのか理解できない。

理解はできないが、小柄な彼女のインナーからチラ見えする谷間は、世界百景にノミネートされるべきだということは理解できる。それくらいシャツで隠れていたバストは、未仔の性格にそぐわないほどに主張が強い。まさしくワガママボディ。

エロへの耐性が紙耐久である夏彦は、咄嗟(とっさ)に後ろを向くのだが、鏡があるだけに未仔の姿がばっちり映し出されている。鏡越しという背徳感に耐え切れず今度は目を瞑(つぶ)るのだが、布の擦れる音が鮮明に聞こえてしまう。

最強のＡＳＭＲに、天国へと誘(いざな)われる既(すんで)のところ、

「ナツ君っ、ナツ君っ」

未仔が夏彦の肩を指でトントン。

さもコッチを見てほしいと言わんばかりの対応に、夏彦の心臓の鼓動は天井知らず。

それでも、いつまでも棒立ちしているわけにもいかない。

ついには意を決して振り返る。

「み、見るよ……？」

ゆっくりと目を開けば、「あ」と思わず声が漏れてしまう。

自分と同じ試着室で着替えたかった理由を、夏彦は瞬時に理解する。

「じゃーん♪」

上機嫌に両手を広げる未仔のトップスに注目。

未仔が着用するロゴTシャツは、夏彦の着ているTシャツと全く同じものだった。

突如の脱ぎ脱ぎタイムに、邪な感情を抱いていた夏彦だが、そんなちんけな感情も吹き飛んでしまう。それくらい、「えへへ……♪　お揃いだね？」と照れつつも寄り添ってくる彼女が可愛らしくて仕方がなかった。

鏡に映る自分たちを見つつ、未仔は話しかける。

「あのね。ペアルックってちょっと恥ずかしいけど憧れがあったの」

「そ、そうなの？」

「うんっ！　だから、今叶えちゃいました♪」

一層に寄り添ってくる未仔が鏡へと笑いかければ、夏彦の表情も思わず緩んでしまう。

何故この鏡にはシャッター機能が付いていないのだろうと疑問まで抱くほどである。

「いざ一緒のを着てみると欲しくなっちゃうね。ナツ君と一緒の買っちゃったらダメ？」

「ダメじゃないダメじゃない！　むしろ大歓迎だよ！」

彼氏に甘い未仔だが、夏彦もまた彼女に激甘。

夏彦から一緒のＴシャツを買う許可を得られた未仔は、一層にパァァァァ！　と表情を輝かせて大喜び。

「ピッタリめのサイズと大きめのサイズだったら、ナツ君はどっちが好み？」

夏彦の脳にて緊急サミット開催。

今現在、未仔が着ているＴシャツはピッタリめで、未仔の胸の素晴らしさをアピールするならば打ってつけのサイズと言えよう。

しかし、夏彦は知っている。大きめのサイズはサイズで魅力的なアイテムということを。

小柄な未仔をすっぽり覆い包むような、彼氏のＴシャツ借りてます的な半端丈が、極上のエロスを醸し出すということを。

「う～ん……、どっちも捨てがたい……」

「あの〜」

「えっ⁉」「！」

２人が驚くのも無理はない。カーテンの向こう側から話しかけられたから。

夏彦が恐る恐るカーテンを開ければ、ニコニコ顔の女性店員さんがコンニチワ。

そして、

「よろしければ、大きめなサイズお持ちしましょうか？」

聞かれていたらしい。イチャイチャバカップルトークを。

とはいえ、「試着室でイチャイチャすんじゃねぇ」と中指を立てられないだけ、ありがたい話である。

死ぬほど恥ずかしいが、夏彦は恥ずかしがったら負けだと声を振り絞る。

「お、お願いしま――、」

「〜〜〜〜っ……!!!　自分で取りに行きますっ！」

未仔、恥ずかしさに勝てず。自分のローファーと夏彦のスニーカーを盛大に間違えつつも売り場へと全力でフェードアウトしてしまう。

店員さんがクスクス。

「彼女さん、すっごく可愛いですね？」

「〜〜〜っ……!!! はいっ……」

夏彦も恥ずかしさに大敗。

※ ※ ※

想像以上に早く集合したはずが、想像以上にデートを満喫している結果、あっという間に昼時を迎えてしまう。

「ナツ君、私が焼いても大丈夫？」

「うん！」

「むしろお願いします！」と夏彦が威勢よく頭を下げれば、向かい側に座っている未仔が、ボウルに入った2人前の生地を、熱々の鉄板へと流し込んでいく。

半分程流したところで別皿のチーズをふんだんにトッピング。さらに残りの生地を全て流し終えれば、しばしのステイ。

お好み焼き屋なう。

飲食店が立ち並ぶフロアへ移動した2人は、お好み焼き屋で昼休憩を取っていた。

何の変哲もないチェーン店で、初デートならば小洒落(こじゃれ)たカフェやイタリアンなどのほうが相応(ふさわ)しいのかもしれない。

しかし、初デート『だからこそ』、高校生らしい、身の丈に合った定番デートでも良いのだ。背伸びする必要がないことには、お互い気付いているのだから。

生地の表面から、沸々と気泡が出てきたタイミング。「そろそろかな？」と、未仔が2本のヘラを生地へと差し込む。

クルッと、思い切り良く手首を返せば大成功。黄金色に焼き上がった生地が姿を現し、夏彦も思わず拍手してしまう。

ひっくり返せば、しばしの歓談タイム。

「未仔ちゃん、高校生活には慣れた？」

「えっとね。正直に言うと、まだフワフワしてるかな」

「そうなの？」

「私、中学のときは女子校だったから、男の子と話すときに少し緊張しちゃうの」

「意識しないと目を見て話せないもん」と苦笑う未仔だが、その視線はバッチリ夏彦へと向けられている。

「俺、オネエだと思われてる……？」と夏彦が落胆することは勿論(もちろん)ない。

むしろ、自分にだけは懐いてくれている特権を誇らしくすら感じてしまう。

「でもね。にーなちゃんのおかげで、女の子の友達は沢山できたんだよ？」

「新那(にいな)？」

「うん。にーなちゃん、人見知りな私のために率先してグループの輪に入れてくれたり、中学時代からの友達を紹介してくれたの」

お世辞ではなく、本気で感謝していることが窺(うかが)える笑顔。そんな笑顔を見てしまえば、妹のファインプレーに感謝せざるを得ない。

中高大一貫の女子校から、一念発起して共学へとやって来た親友を支えてあげたのだろう。

ファインプレーとはいえ、「よくできた妹なんです」などと胸を張るのは、兄としてやはり恥ずかしい。

「あいつ、マイペースすぎるところがあるからさ。親友の未仔ちゃんがグイグイ引っ張ってあげてよ」

「これからも新那と仲良くしてやってね」と実に兄らしい発言で夏彦は締める。

のだが、未仔がクスクス笑い始める。

「？　どうしたの？」

「笑っちゃってごめんなさい。ナツ君とにーなちゃんは、やっぱり兄妹(きょうだい)なんだなって思っちゃったから」

「？？？」

「にーなちゃんもこの前、同じようなこと言ってたの」

「えっ」

「『夏兄、優柔不断なところがあるから、彼女のミィちゃんがグイグイ引きずってあげてね』って」

「あ、あの野郎……」

夏彦が顔を赤らめれば、未仔は一層嬉し気に口角を上げる。

「私のほうこそ、今後ともよろしくお願いします」

未仔が頭を下げれば、夏彦も鉄板にヘッドバットしそうなくらいの勢いで頭を下げる。

「こ、こちらこそ！　不束者ですが、末永くよろしくお願いします！」

「うん♪」

まるで結婚前提のような夏彦の発言も、未仔としては幸せでしかない。

生地をもう一度ひっくり返せば、今度は未仔が質問するターン。

「ナツ君はお休みの日、何して過ごしてるの？」

「俺？　そうだなー……。大体は琥珀ん家でゲームしたり、漫画読んだりかなぁ」

ハケでお好み焼きにソースを塗っていた未仔の手が止まる。

「琥珀って、あの綺麗な先輩さん？」

「えっ。綺麗？」

未仔から発せられる言葉の意味が理解できず、夏彦はしばしのポカン状態。

数秒後、「ああ〜」と納得した面持ちに。

「違う違う。綺麗な先輩は伊豆見草次だよ。ガサツな関西女のほうが冴木琥珀ね」

「？？？　やっぱり、合ってるっぽいよ？」

「……。琥珀が綺麗……？」

未仔が1つ頷けば、夏彦は否応なしに悪友の顔を思い浮かべてしまう。

勝気で大きな瞳に、歯に衣着せぬ物言いを可能とする大きな口。ゲームで劣勢なときなど一層に眼光鋭く、「ラグいんねん、アホンダラ」と一層口も悪くなる。

しかしだ。心から楽しんでいるときの晴れやかな笑顔は、隣にいる自分さえ笑顔になってしまうほどの魅力がある。

「忘れがちだけど、綺麗、なんだよな……？」

夏彦は呟いてから、ハッ！　とする。

目の前の未仔が、コチラを見ているから。

じ〜〜〜っと。

いくら恋愛に程遠い生活を送って来た夏彦でも、彼女が何故そのような視線を送ってくるのかくらい分かる。

何よりだ。知れば知るほど残念な女が琥珀だが、知らない人間からすれば、モンスタースペック、初見殺しな琥珀ということを重々知っている。

高スペックを有する美少女と、平日どころか休日さえプライベートを共に過ごす。

何も無いほうが不思議と思うのが自然の摂理。

夏彦を愛して止まない未仔なら尚更に。

「ないないない！」

夏彦、身振り手振りで大慌て。

「あ、安心して！　未仔ちゃんが思ってるようなことは、琥珀とは一切有り得ないから！」

「……ほんと？　実は、お互い恋愛を意識してたような関係だったりとか……？」

「そんな展開は微塵も無いから！」

「ナツ君と琥珀さんは昔付き合ってたり――、」

「そんな過去も背負ってないよ！」

夏彦が必死に弁明すればするほど、ジト目な未仔の頰がぷっくり膨らんでいく。

膨らめば膨らむほど、夏彦はどうすれば誤解が解けるのだろうとシドロモドロ。

論より証拠。

しかし、証拠がない。論を語れるほど口も達者ではない。

ならば誠意を示すのみ。

錬金術師ヨロシク、夏彦は盛大に両手を合わし、未仔神様を拝む。

渾身(こんしん)の気持ちを込めて言うのだ。

「約束します！　俺が好きなのは正真正銘、未仔ちゃんただ1人です！」

「…………。……ふふっ」

「え？」

渾身の誓いに対し、聞こえてくる小さな笑い声。

夏彦は思わず顔を上げてしまう。

「み、未仔ちゃん？」

目の前には、膨らませていた頬を萎(しぼ)ませ、小さな肩を上下させる未仔の姿が。

夏彦が目をパチクリさせれば、もう我慢できないと、未仔は声を出して大笑いしてしまう。

「〜〜〜もうダメ！　ナツ君、焦りすぎだよっ！」

「あ、焦りすぎって……。未仔ちゃん怒ってるんじゃないの？」

「ううん、全然怒ってないよ」

「……。ええっ⁉」

「ナツ君がすごい慌ててるのが可愛(かわい)くて、ついついイタズラしちゃいました♪」

「えええええっ⁉」

予想通りな反応に未仔は小さく舌を出す。

大成功と言わんばかりに。

「一緒に遊んでるだけで怒らないよ。むしろ、男女関係なく友達同士なのって、いいなって憧れちゃうくらいだもん」

「証拠も何もないけど、信じてくれるの？」

「ナツ君の言う事だもん。信じるに決まってるよ」

「……っ！」

夏彦、鉄板に涙を零(こぼ)してしまいそう。

改めて思う。

『未仔ちゃんが変な男に振り回されぬよう、自分がしっかり大事にしなければ』と。

熱い誓いの傍(かたわ)ら、未仔はお好み焼きへマヨネーズや青のり、鰹節(かつおぶし)をふりかけ終わる。

さらには、カットしたお好み焼きを夏彦の小皿へと盛り付ける。

そして、箸で切り分けたお好み焼きを、ふーふー。

自分で食べるため？

ではなく、

「意地悪してゴメンね。お詫びにどーぞ」

「!!!」

未仔、詫び石もとい、詫びお好み焼き。

唐突なあ〜んチャンス到来に、夏彦のドキドキは天井知らず。

夏彦が「いいんですか!?」と目を輝かせれば、「もちろん♪」と言いたげに未仔もニッコリ。

本日、五度目くらいの『もう死んでもいい……』と思える幸福感に包まれつつ、夏彦は愛情たっぷりお好み焼きを胃に収めるべく口を開く。

しかし、既のところで、

「ナツ君、ナツ君っ」

「ん？」

「あのね。さっき言ってくれた言葉、もう一度聞かせてほしいな？」

「さっき？……あっ」

未仔が求めている言葉を理解してしまえば、夏彦は赤面せずにはいられない。

できることなら言いたくはない。本心ではあるが、改めて口にするのはやはり恥ずかしい。けれど、言わなければ、口前にある極上のお好み焼きが食べられない。

食べたい。けれど、恥ずかしい。

迷うことコンマ数秒。

極上のお好み焼きVSちっぽけなプライド

勝者、極上のお好み焼き。

「え、えっと……、俺が好きなのは未仔ちゃんただ1人、です……！」

プロポーズチックな言葉に、未仔も表情がさらに華やかに。

「うんっ。私もナツ君、だーいすき♪」

よく言えましたと、夏彦の口へとお好み焼きがプレゼントFOR YOU。

(もう死んでもいい……っ！)

できたてのお好み焼きはかなり熱々。

とはいえ、今の夏彦には常温に等しい。

※　※　※

昼食後も服や雑貨などの店を回り、２人は初々しくも充実したデートを楽しんでいく。

今現在は映画上映まで少し時間があることから、モールの屋上庭園にて休憩中。

広々とした庭園は、子供が遊べる噴水や芝生広場があったり、恋人たちが寛げるベンチや散歩にぴったりなローズガーデンがあったり。

コンサートや漫才などのイベントができるステージも存在し、本日はラジオの公開収録が行われているようだ。ひな壇状の観客席は中々に人だかりができており、一層の賑わいを見せている。

子供たちのはしゃぐ姿や花々の甘く華やかな香り、屋外スピーカーから流れる聞き覚えのあるヒットソングらは、心を穏やかにするには打ってつけ。

いつもより近い青空の下、隣で寄り添う未仔の体温を肌で感じつつ、夏彦は思わず呟いてしまう。

「幸せだなぁ……」

リア充爆発しろと中指を立てられても仕方ない発言だが、今の夏彦には外野の声など聞こえるわけもない。それくらい『幸せ』というファイルで容量がいっぱい。

「ふふっ。ナッ君、お爺ちゃんみたい」

同じく容量いっぱいの未仔は、コーヒーショップでテイクアウトしたドリンクとドーナッツを取り出し、夏彦へと手渡す。

夏彦が感謝を告げてからドーナッツを頬張れば、未仔も合わせるようにドーナッツを頬張る。夏彦が「美味しいね」と笑顔を向ければ、未仔も「美味しいね」と笑顔を返してくれる。

幸せここにありけり。

「ほんと、夢みたいだよ」

「夢？」

「うん。未仔ちゃんが現れるまで、女の子とデートするなんて考えられなかったからさ。それこそ、夢のまた夢って奴かな」

空は近くなっているはずなのに、夏彦は遠くを見上げつつ続ける。

「服を選んでもらったり、あ〜んしてもらったり。日向ぼっこしながら、オシャレなカフェで買ったドーナッツを可愛い彼女と食べてるんだから」

今まで夢だったこと、羨ましいけど自分には無関係だと思っていた世界。

そんな世界が、今では当たり前に広がり続けている。

未仔と付き合うようになってから幸せしかない。理想どおりの世界すぎて、「もしや夢なのでは……？」と無駄な心配さえ浮かんでしまうくらい。

外野ならば、「そのまま夢から目覚めなければいいのに」と思う。

けれど、彼女としては、愛する彼氏が早く夢から目覚めてほしいわけで。

「えいっ」

「!?」

未仔のか細い指が、夏彦の両頬をキュッとつまむ。

夏彦の頬を前後左右、ジョイスティックさながらに、むにむにむにむにむに………。

夏彦をプレイすること数秒。やっとこさ指を離した未仔は、ニッコリ笑顔で言うのだ。

「ね？　夢じゃないでしょ？」

「う、うん……！」

少しばかりの痛みはある。しかし、「こんなシチュエーションさえ夢なのでは？」と思ってしまう。

そう。バカップルは死んでも治らない。

「ナツ君、私もつねって」

「？？？　未仔ちゃんも？」

何故（なぜ）？　と思う夏彦に、未仔がハニカミつつ述べる。

「だって、私もナツ君と一緒にいるの幸せなんだもん。『夢でした』は嫌だよ」

「っ！」

彼女の可愛さに酔いしれたい夏彦だが、そんな彼氏をしっかりと見上げる未仔は、小さく整った顔立ちを近づけてくる。

「私もつねってつねって」と。

意を決するかのように、夏彦が生唾を飲み込む。

そして、未仔の頬へと手を伸ばす。

伸ばせば伸ばすほど、ターゲットである未仔の頬へと焦点が絞られてしまう。

真っ白かつ、きめ細やか。触れれば消えてしまいそうな肌は、まさに新雪のよう。

しかし、新雪ではない。穢（けが）れの無い清らかな未仔の肌なのだ。

童心に返って、未踏の雪へとヘッドダイビングするのとはワケが違う。

したいのは山々なのだが。

故に、

「〜〜〜〜っ！　ツ、ツンツンで許してください！」

震える人差し指で、未仔の頬（ほお）を1回、2回とツンツン。

ダブルタップだけだが、未仔の弾力ある柔らかホッペに触れることができた夏彦としては大満足。「我が生涯に一片の悔いなし……」と絶命できるくらい。

初心(うぶ)な夏彦に、未仔も口角が上がってしまう。

「もー。それじゃあ、夢かどうか分からないよう」

「ご、ごめんっ！　けど、俺の中の司令官が、未仔ちゃんを傷付けちゃダメだって！」

「ちゃんとつねってくれないと、イタズラしちゃうよ？」

「え？　イタズラって、どんな――」

「こんな♪」

「うぉっ⁉」

夏彦が尋ねる間もなく、未仔がガバッ！　と超密着。

さらには、

「うりうり～～～♪」

「み、未仔ちゃん⁉　くすぐった――、ハハハハッ！」

未仔が夏彦の脇を容赦なく、くすぐり攻撃開始。

くすぐったいのは勿論(もちろん)、密着してくる未仔の甘い匂いや温かい体温、ボリュームたっぷりな胸の感触などなど。未仔という存在が、五感の全てを刺激してくる。

否(いや)、五感全てを壊しに来る。

童貞を殺す服もとい、夏彦を壊す未仔。

幸せが雲を突き抜けフライアウェイ。「夢どころか、ここは天国ですか？」とさえ思えてしまう。

夏彦もハイテンションモードに突入。反撃に打って出る。

「ハハハハッ！　く、苦しいっ……！　イ、イタズラする子には、お仕置きだ！」

反撃箇所は、脇？　脇腹？　下腹部？　首筋？

夏彦に選ばれたのは………、

耳裏でした。

夏彦、ベッタリとくっついてくる未仔の耳裏を、人差し指でコショコショ。

すると、何ということでしょう。

「んっ……！」

「!?　み、未仔ちゃん……？」

か細く艶(あで)やかな声。

いわゆる、えっちい声。

『……おや!?　未仔の様子が……！』状態に、夏彦の探求心は無限大に膨れ上がってしまう。「もしかして、ここが未仔ちゃんの弱いところ？」と気になって仕方ない。

夏彦、未仔の耳裏をもう一度コショコショ。

検証大成功。

「そ、そこはゾクゾクしちゃうから……ダメだよぅっ……」

未仔の小さな身体が、びくんっ！　と仰け反るかのように跳ねる。夏彦の脇をくすぐり続けていたはずの手は、絶頂を堪えるかのように夏彦の腕を儚くも握り締め、声を漏らすわけにはいかないと吐息のみを漏らす。

そして、いじらしく夏彦を見つめて言うのだ。

「もうっ……。ナツ君のエッチ」

「ご、ごめん！　調子に乗りすぎた！」

幼さの残る笑顔ではなく、どこか大人っぽさを感じてしまう未仔の微笑み。

1人の女性として意識せざるを得ない表情は、夏彦の心臓を鷲掴みにするには十分すぎる。

鷲掴みにされたからこそ、無意識だった。

未仔の唇に見惚れてしまっていたのは。

「イタズラ、もっとしたいの……？」

「！！！？？？」

思いもよらない提案に、夏彦の身体がスパーキング。

イタズラ＝キス
少しばかり遠回しな発言が、却(かえ)って夏彦の感情を激しく揺れ動かす。

夏彦には大きな目標がある。

今回のデートでは、自分からキスをしようという目標が。

夕方の公園ではキスされる側だったが、今回のデートではキスする側になりたい。

未仔からではなく、自分から幸せを分かち合いたい。

今訪れているシチュエーションが、自然な流れなのか違うのかは分からない。自分キッカケではないのかもしれない。

けれど、彼女の健気な問いに応えたい気持ちは強い。

故に、
漢(おとこ)夏彦、寄りかかっていた未仔の肩へと手を回す。

未仔にも決心が伝わったのだろう。ぎこちなく表情を強張(こわば)らせる夏彦に、やさしく微笑(ほほえ)むと同時、ゆっくりと瞳を閉じる。

そして、唇同士を重ね合う。

気を緩めると、その場で蕩(とろ)けてしまいそうな。そのくらい未仔の小さく柔らかい唇の感

触が甘く心地よい。

ファーストキスは甘酸っぱいレモンの味。

その味は、相手から感じるものではなく、自分の不慣れさや緊張によるものから感じる味わいなのだと身をもって経験してしまう。

触れ合っていたのは、時間にして1秒か2秒？

もっと短かったかもしれないし、長かったのかもしれない。そのわずか数秒が計れないくらい今の夏彦は、『充足感』と『緊張感』が爪先から脳天まで満たしている。

視線を彼女の唇から表情へと戻せば、

「あ、……えっと、その……」

充足感、緊張感を覆いつくす『照れ』が夏彦に襲い掛かる。

一生の一度の経験だけにカッコよく決めたいところだが、ここでも場慣れしていないのが出てしまう。

「我ながら情けないな」と痛感する。

しかし、

「えへへ……♪　ナツ君からキスされちゃった……♪」

未仔としては毛程も気にならない。夏彦以上に顔を緩ませ、ヤンヤンと左右の三つ編みを揺らすくらいだ。

そんな未仔の喜ぶ表情を見てしまえば、夏彦も安堵するし笑顔も伝染ってしまう。

今一度キスだってしたくなるし、もっと身を寄せた抱擁だってしたくなる。

止めどない愛情表現をしたい夏彦だが、ハッ！　とあることを思い出す。

そう、ここが公共の場、公衆の面前だということを思い出してしまう。

ふと辺りを見渡す。幸いにも、誰も自分たちには注目していなかったようだ。噴水広場では子供たちが無我夢中で水を掛け合っていたり、公開収録中のステージでは観客たちが新曲のバラードに耳を澄ませたり、近場にいるカップルや家族たちも自分たち同様、それぞれの時間を楽しんでいたり。

一安心できたとはいえ、先程までイチャイチャと愛を育んでいた身としては、どうしようもなく居たたまれない気持ち。

まだまだ、真のバカップルに身を置くにはレベルが足りないらしい。

それは未仔も同じようで、恥ずかしくも苦笑い。

「ふ、２人だけの世界に入りすぎちゃったね……」

「ははは……。そ、そうだね……」

「次からはもう少し人目につかないところで、しよーね？」

「りょ、了解です」

「「……………」」

互いにテレテレ。

先に恥ずかしさが極限に達したのは未仔。

「～～～～っ!!!　ナツ君っ、映画館行こっ！」

瞳はグルグル渦巻き、顔や身体をポッポと火照らせる。夏彦の手を握り締めた未仔は、そのまま屋上の出入り口目掛けて、たったか小走り。

夏彦をグイグイ引っ張る姿は、飼い主をリードごと引っ張る子犬のよう。

大慌てする今現在のほうが、注目されているような気がせんでもないが、そんな姿も夏彦としては微笑ましいし、可愛らしいと思ってしまう。

そんな感情が一瞬で吹き飛んでしまう。

噴水広場を横切っている道中、水の掛け合いをして遊んでいる少年たちの容赦ない水攻撃が襲い掛かってきたから。

「!?　未仔ちゃん危ない！」

「きゃっ……！」

未仔をビショビショの透け透けにするわけにはいかないと、夏彦がファインプレー。

既のところで未仔を抱き寄せ、そのまま自分との位置を入れ替える。

結果、

「ナ、ナツ君⁉」

「冷てっ～～。ははは……、未仔ちゃんには掛からなかった？」

未仔の代わりに、夏彦がビショビショの透け透け。

運が悪いといえば悪いし、非リア充からの呪いが具現化した一撃なのかもしれない。しかし、愛する未仔を守ることができたし、ファーストキスの余韻もまだ残っている。

ほぼほぼノーダメージ。

このときまでは、そう思っていた。


水をぶっ掛けてきた子供たちの親に平謝りされた後、モール内にある男子トイレで買っていた服へと着替え直す。

夏彦としては、ちょっとしたお色直しの気分。未仔セレクトの服を上下一式着れるのだから、逆にラッキーとさえ思えてしまう。

しかし、幸運なことは長続きしない。

「せ、席がない……？」

本棟5F、映画館にある券売機前にて夏彦がフリーズ。

それもそのはず。未仔と観る予定だったはずのラブストーリーものの映画の席が、ほぼほぼ満員になってしまっていたから。

次の上映時間は3時間以上も後。高校生になったばかりの未仔のことを考えれば、夜遅くまで待つことも難しい。

女子高生に絶大な人気を博す、等身大ラブストーリーを甘く見ていた。

「予約しなくても大丈夫だろう」と侮っていた自分に非があると、夏彦は手を合わせて未仔へと謝罪する。

「ゴメン！　俺が予約しなかったばっかりに！」

「ううん、ナツ君は何も悪くないよ。むしろ私を守ってくれたんだから」

落ち込む必要など何一つないと、未仔は夏彦を優しくなだめる。

「そんな悲しそうな顔しないで。今日は映画を観に来たんじゃなくて、デートを楽しむのが目的でしょ？」

「未仔ちゃん……」

「それに、またデートする機会ができたから私は嬉しいけどな」

「！」

未仔が発した言葉に、夏彦は確認せずにはいられない。

「そ、それって、……また俺とデートしてくれるってこと？」

「ナッ君は、もうデートするのイヤ？」

「!? とととととんでもない！ 四六時中、未仔ちゃんとデートしたいくらいです！」

「四六時中してくれるの？」とクスクス笑う未仔は、小指を差し出しつつ言うのだ。

「次のデートも楽しみだね♪」

「……っ！ うん！」

デート中に次のデートの内定GET。未仔と小指を絡め合う夏彦は、「水をぶっ掛けられて良かった……！」とすら思えてしまう。

しかし、浮かれるにはまだ早い。

今は現状打破、映画の代わりに楽しめる何かを探すことが最優先事項だから。

指切りげんまんを終え、夏彦はスマホを取り出す。

「ちょっと待ってね。近場で楽しめそうな場所をブクマしてあるから」

こんなこともあろうかと、夏彦は予(あらかじ)め近場のデートスポットは調査済み。

カラオケ？ ボウリング？ 夕焼けの綺麗(きれい)な場所？ パワースポットで有名な神社？

ブックマークリストから、どれが今の最適解かと画面と睨(にら)めっこ。

していると、

「？？？　未仔ちゃん？」

未仔が夏彦の裾を摑む。

「えっとね……」

「うん？」

「ナツ君さえ良ければなんだけど、…………私のお家で遊ばない？」

「…………。えっ⁉」

夏彦、初デートにして、彼女の家で遊ぶ権利獲得。

◆◆◆

電車に揺られつつ、次のデート先、すなわち私の家に向かう道中。

今日あった出来事の数々を思い返せば、自然と頰が緩んでしまう。うっかり鼻歌さえ歌いたくなってしまう。

待ち合わせ場所に30分も早くナツ君がやって来てくれたときは嬉しかったな。ナツ君の驚いた反応も可愛くて、それだけでも早く来て良かったたって思えちゃった。

服の選び合いっこもすっごく楽しかった。ナツ君、本当に服には無頓着みたい。お店に入ってからは、ずっと私の隣にくっついてきてたから。甘えん坊の子供みたいで、やっぱり可愛かった。

お好み焼き屋さんでは可哀想なことしちゃったな。私がお好み焼きじゃなくてヤキモチを焼いたら、心の底から焦っちゃってたもん。勿論、「俺が好きなのは正真正銘、未仔ちゃんただ1人です」って言葉は、目覚まし時計のメッセージにしたいくらい嬉しかった。

そして、屋上庭園での出来事。

ナツ君からのキス。

今でもあのシーンの1コマ1コマが、鮮明に心の中に刻み込まれている。生涯忘れることのない素敵な思い出。

あのときのナツ君、カッコ良かったな。緊張はしてたみたいだけど、決心したときの力強い目や表情にはドキドキが止まらなかったもん。

唇と唇が触れ合ったときは、涙が出そうになった。ナツ君の想いが私へと一気に流れてきたみたいで、「ずっと時間が止まってくれたらいいのにな」って思うくらい心地よかった。

私の想いも、ナツ君に伝わってくれてたら幸せだな。

ナツ君が私の代わりに水浸しになっちゃったのは、本当にごめんなさい……。

反省しないといけない。けれど、ナツ君が咄嗟に抱きしめてくれたことや、守ってくれたときは、またドキドキがぶり返してしまった。

嬉しかったり、楽しかったり、ドキドキしたり。

本当に幸せな一日です。

「♪」

「？　嬉しそうだね、未仔ちゃん」

うっかり鼻歌を歌っちゃってたみたい。隣に座るナツ君にバレちゃった。

とはいえ、バレてもへっちゃらだ。

だって、大好きな人にこの気持ちを伝えられるのだから。

「うんっ。デート楽しいから♪」

目一杯の想いを伝えた後は甘えずにはいられない。隣に座るナツ君の肩に傾いてしまう。

私が傾けばナツ君も私へと傾いてくれる。互いを互いに支え合い、一層に笑顔がこぼれてしまう。

ナツ君、今からのお家デートも一緒に楽しもうね？

※　※　※

『神崎(かんざき)』と書かれた表札のある一軒家。すなわち、未仔宅に到着。

地元なだけに何度も通り過ぎたことはある。けれど、いざ女の子の部屋、それどころか彼女の家に訪問するのだから、夏彦のソワソワ具合はお察しの通り。

玄関へ入れば、ギコちない挨拶を発してしまう。

「お、お邪魔します……！」

「今は誰も家にいないみたいだから、リラックスしてもらって大丈夫だからね？」

「ふ、2人っきり……？」

「それはそれで緊張してしまうのですが……」と言いたくなる気持ちをグッ、と堪えつつ、未仔に案内されるがままに階段を上がって行く。

そこまで長くないはずの階段も長く感じてしまう。チャンピオンロードをくぐり抜けた後の、無駄に長い階段に負けないくらい。

夏彦、妄想がやめられない止まらない。

未仔ちゃんの部屋はどんな感じだろうか。

イメージ的に、可愛い雑貨やヌイグルミが沢山置いてありそう。

パステルピンクにまとめられた乙女要素たっぷりの部屋？

めっちゃイイ香りするんだろうなぁ。

などなど。

期待を高め、ハードルを上げることしばらく。廊下奥にある未仔の部屋のドアが開く。

夏彦は驚かずにはいられない。

自分の妄想を具現化したような部屋だったから。

否。自分の妄想以上に、乙女らしさや可愛らしさが込められた部屋だったから。

パステルピンクを基調とした部屋に、アンティーク調の白い家具たち。レース素材のカーテンや大きめなベッドが、お嬢様感やお姫様感を漂わせる。

テディベアが好きなのだろう、丸鏡のついたドレッサーやチェストなどの上には色違いのクマたちが、ちょこんと並べられている。

部屋全体からは、やすらぎを覚える甘い香りが。普段の未仔から香る花の匂いだ。

感想。ＴＨＥ・未仔。

未仔らしさ満載の部屋に、夏彦は感動さえ覚えてしまう。ハンカチがあるのなら目頭を押さえたくなるし、タオルがあるのならブンブン振り回したくもなる。

どこぞの関西女の、独身リーマンチックな趣味部屋とは大違い。あれはあれで落ち着くのだが、やはり華のＪＫに相応しいのは未仔の部屋と言わざるを得ない。

「どーぞどーぞ♪」

廊下で突っ立つ夏彦の手を未仔は握ると、部屋へと招き入れる。

言われるがままにクッションへと腰を下ろした夏彦は、浮かれている場合ではないと我に返る。

彼女の部屋に来て、ノーコメントは彼氏としてダメだろうと。

「素敵な部屋だね」とか、「未仔ちゃんの部屋っぽくて、すごくイイ」とか。

褒めワードは無限に浮かぶ。浮かぶのだが、緊張も相まって言葉に出すのが、酷く恥ずかしい。

意を決して、口にする言葉は、

「お、おっきいヌイグルミだね！」

しょうもない男である。

未仔としても、ベッド上で寝そべる大きなヌイグルミを指差されるのは予想外だったようだ。「あっ、ナッツ」と呟いてしまう。

「へー。ナッツって言うんだ」

「へっ⁉」

「何か有名なマスコットの名前なの？」

「う、ううん……。ナッツって言うのは、私が付けた名前……」

モジモジと三つ編みを揺らす未仔を見た夏彦は、何故そこまで気まずげに照れているのかが理解できない。

少し考えることしばらく。「ああ成程。自分で付けたから恥ずかしいのか」と自己解決。

「そんなに恥ずかしがらなくてもいいよ。スニーカー好きの琥珀なんて1足ごとにアダ名付けてるしさ。エアマックスのスニーカーだからってMAX鈴木――、」

「ち、違うの！」

「？？？　違う？」

「えっとね……、笑っちゃダメだよ？」

「う、うん？」

未仔、羞恥を堪えつつカミングアウト。

「ナツ君のナッツから取って、ナッツなんです……」

「!!!」

思いもよらぬナッツの起源。愛くるしすぎる理由の発覚に、「な、なるほど……！」と未仔に負けないくらい夏彦も顔を赤らめてしまう。

未仔に聞くのは酷すぎる。故に、ナッツに問いただしたい。

「君は一体いつから、未仔ちゃんのベッドにいるんだい？」とか、「もしかして、一緒に寝てなんかいないよね……？」とか、「おはようのキス、おやすみのチューなんかされませんよね!?」とかとか。

ヌイグルミに嫉妬を抱く、哀れな男ありけり。

一方その頃、未仔ちゃん。

「〜〜〜っ！　ジュ、ジュース入れてくるね！」

その場にいると、恥ずかしさで燃え上がってしまうと、大慌てで部屋から出て行ってしまう。

「………」

いきなり訪れる静寂。夏彦とナッツが2人きり。

夏彦は呟く。というより、ナッツに話しかける。

「お前が羨ましい……！」

ナッツに嫉妬すること数分。トレイにジュースや菓子を載せた未仔が戻って来る。

夏彦は直ぐに気付いてしまう。

「!!!　そ、その格好……！」

ビックリした？　と言わんばかり。テーブルへとトレイを置いた未仔が、驚く夏彦の前でさらにアピール。

「じゃーん♪」

その場でクルッ、とターンする未仔の服装に注目。先程までのガーリーコーデとは打って変わって、ゆったりTシャツ＋もこもこショートパンツの部屋着スタイル。

ロゴの入ったTシャツは見間違うわけがない。先程の買い物で購入した、夏彦とお揃いのTシャツである。

すなわち、今現在、夏彦と未仔はペアルック。

試着室での出来事リターンに、ナッツに嫉妬している場合ではないと夏彦のテンションもアゲアゲ。ピッタリサイズではなく、ゆったりサイズを選んで正解だった……！　と、小さくガッツポーズも出る。

『彼氏の家に突然のお泊り。着替えがないので、彼氏のTシャツ借りちゃいました』の脳内再生だけで白飯5杯はいけるレベル。

「いい！　すごくいいよ！」

夏彦が褒めちぎれば、未仔も我慢できませんと、小走り気味に大好きな彼氏の隣へと座り込む。そりゃもう、ピットリと寄り添って。

「ナツ君と一緒〜♪」

「何で未仔ちゃんは、こんなに可愛いのだろう……」とトリップ状態の夏彦に、未仔は尋ねる。

「ねぇ、ナツ君。今から何しよっか？」

「俺的には、このまま5、6時間何もしなくても大丈夫だよ……」

「本気にしちゃうよ？」とクスクス笑う未仔を見てしまえば、5、6時間どころか24時間はイケることを夏彦は確信してしまう。

とはいえ、24時間まったりは放送事故なことも理解している。

「未仔ちゃんは何かしたいことある？」

「えっとね。ナツ君さえ良ければ、ゲーム実況を観てみたいな」

「ゲーム実況？」

思いもしない提案に、夏彦はポカンとしてしまう。

それもそのはず。お互いの趣味を話すことが今までに何度もあったが、『ゲーム実況』というワードは聞いたことがなかったから。むしろゲームの話をするのは自分のほう。

だからこそ、未仔の考えていることを夏彦はおおよそ理解する。

「ナツ君、ゲームしたり観るの好きって言ってたから。私も挑戦してみたいなって」

「未仔ちゃん……！」

想像通り。彼氏の趣味に歩み寄るべく、未仔はゲーム実況を所望。

相変わらずのよくできた彼女具合に、夏彦の涙腺も緩む。

同時に、彼女とのいちゃいちゃゲームライフも想像してしまう。


未仔とのデュオを組んでのバトロワゲー。何度も何度も挑戦してようやくチャンピオンになれれば、

「やった♪　ナツ君のおかげで初チャンピオンになれました♪　ねーねー、もう1戦！　明日はお休みだし、もっと夜更かししよ？　……ダメ？」

と甘えられちゃったり。

モンスターを狩るゲーム。どうしても欲しい防具があると、何体目かのモンスターを討伐し終えれば、

「やっと素材集まりました♪　えへへ……♪　これで現実世界だけじゃなくて、ゲームの世界でもお揃いの服だね？」

とラブラブしてきたり。

配管工のオッサンが主人公のレーシングゲーム。隣り合ってコントローラをカチャカチャすれば、

「む〜〜！　ナツ君に追い越された！　良いアイテム出ないかな……、♪　スター出ちゃいました♪　ナツ君に突撃〜〜〜♪」

と己の心に突撃されてしまったり。

夏彦は思う。「なんだこの素晴らしき日々は……！」と。

今現在も琥珀とゲームはしている。しかし、女の子とゲームしているという感じとは程遠い。琥珀は負けず嫌いが過ぎるから。

「こんなバレバレなとこに毒ガス置いてもしゃーないやろ！　戦争やぞ！　生半可な気持ちで参加してるんやったら国へ帰れ！」

と罵倒されたり、

「ほーほー。２回も死んだくせに、剝ぎ取りだけはいっちょ前に速いですなぁ。将来の夢はマグロ解体士ですかな？」

と煽られたり、

「ナツだけは１位にさせへん！　くらえ！　リアル赤甲羅ぁ！」

と隣から脇腹をつねられたり。

それはそれで楽しくはあるのだが、どこからどう見ても男友達の絡み。

というわけで夏彦は、是非ともゲームを通して未仔とイチャイチャしたい。

最初が肝心故、今からどんなゲーム実況を一緒に観ればいいか脳内サミット開催。

彼女をしばし待たせて申し訳ないのだが、考える時間は時間で、幸せな時間だなぁと夏彦の口角は自然に上がってしまう。

そんな表情を隣で見つめる未仔も然(しか)り。

目の前にテレビがあるにも拘(かかわ)らず、夏彦と未仔は1つのスマホを共有しながら寄り添ってゲーム実況を楽しむ。

熟考の末、夏彦が一緒に観ることにしたゲームは、オンライン対戦型のサバイバルホラーゲーム。

未仔は怖いのか、甘えたいのか。夏彦の右手を抱き枕のように、ひっしり抱きしめつつ色々と尋ねていく。

「ナツ君、逃げてる人たちは何をしてるの？」

「これは発電機を修理してるんだ。マップにある5つの発電機を修理しないと、外に出るためのゲートを開けることができないんだよ」

「ナツ君？？？　何か、ドクンドクン心臓みたいな音が——、ひゃっ……！　ナ、ナツ君っ！　チェーンソー持った人が走ってきたよ！」

「コイツが鬼だね。今回の実況者は逃げる側だから、この鬼に見つかったり攻撃されないように行動していくんだ」

「ナツ君っ、ナツ君っ！　実況者さんが斬られ——……」

未仔、ナツ君祭りを絶賛開催中。

小さく悲鳴を出したり、フムフムと何度も頷いたり、「すごいね！」と興奮したり。

『ホラー』というワードに最初は身構えていた未仔も、今では怖さと楽しさを共存させることに成功している。

夏彦としては、ゲームよりも未仔にお熱。何ならゲーム実況より未仔実況に集中したいくらい、彼女の一喜一憂する姿に癒されてしまう。

逃げ回っていた実況者だが、ついにダウン。地べたを這いつくばるキャラクターが鬼に担がれ、近場にあるフックへと吊るされてしまう。

それだけに留まらず、鬼は吊るしたキャラクターを1回、2回と何度も刃物で斬りつけ続ける。

「あぁ……」と、その光景を見た夏彦が、思わず溜息(ためいき)を溢(こぼ)す。

未仔も鬼の行為が不思議のようで、

「この鬼はどうして吊るしたキャラクターを何回も斬ってるの？」

「これはね、吊るしたプレーヤーを煽ってるんだよ」

「煽る？」

「そうそう。煽り運転みたいなもんかな」

「もっと分かりやすく言えば、そうだな……」と夏彦が1つ咳払(せきばら)い。

自分を鬼役に見立てて、か弱き未仔を脅迫開始。

気分は閣下。

「グハハハハ！　お前の足がノロマだから捕まったんだぞ～！　このまま蝋人形(ろうにんぎょう)にしてやろ～か～!!!」

思わぬ夏彦のアドリブに、未仔は小さな身体(からだ)をビクッ！　と大きく震わせる。

子犬がビックリするような反応に、夏彦ご満悦。ドッキリ成功と言わんばかりにニッコリしてしまう。

彼女を驚かせて心トキめかしてしまうのだから、自分はS寄りの人間なのかもしれない。

そんなことを夏彦は考えていた。

この時までは。

「今度は私の番っ♪」

「！！！？？？　み、みみみ未仔ちゃん⁉」

何ということでしょう。攻守逆転、鬼役となった未仔が、夏彦を決して逃がすものかと、これでもかというくらいに、むぎゅぅぅぅぅ〜〜〜！　と熱い抱擁攻撃。

「うりうり〜♪　皆早く助けにこないと、ナツ君が死んじゃうぞ〜♪」

「……っ!!!」

どこでも甘えてくる未仔なだけに、今までを超える抱擁はない。

そんな浅はかな考えを一瞬で崩壊させてしまう抱擁に、夏彦は悶絶(もんぜつ)必至。

それくらい今現在のスキンシップが半端ない。それくらい誰も見ていない環境でのスキンシップが尋常じゃない。

未仔の柔らかホッペがへしゃげるくらい、未仔のたゆゆんバストがへしゃげるくらい、ポタラが付いてたら未仔彦に合体するくらい。

鬼に地獄へ落とされるというより、天使に天国へ誘われてしまう、そんな表現すら生温(なまぬる)く感じてしまうくらいの幸福が夏彦の全身を駆け巡ってしまう。

幸せ中毒者の夏彦、スマホの画面がうっすら視界に入り込む。

未だに鬼がプレーヤーを斬りつけ続けている。他のプレーヤーたちは足音を殺しつつ救助のタイミングを窺っている。

そんな光景と今現在の自分が、夏彦はシンクロしてしまったのだろう。

「皆は気にせず発電機を直してくれ……。俺は未仔ちゃんに斬られ続けたいから……」

夏彦は気付く。

俺はSではなく、ドMなんだと。

未仔は天使？　小悪魔？


以降も、画面から鬼が飛び出してきそうなくらいイチャイチャしつつ、2人はゲーム実況を楽しんでいく。

サバイバルホラーのゲーム実況を丸々1本分見終え、画面には次のオススメ動画が多数表示される。

もしかしたら、未仔以上に夏彦のほうが楽しんでいるのかもしれない。

「未仔ちゃん、次は何観よっか！　続きのシリーズ？　それとも別シリーズがいい？　実況者によって楽しむポイントも違うから、別の実況者を観るのもオススメです！」

エキサイティングする夏彦を見ていた未仔が、クスクスと笑ってしまう。

「ナツ君、すごく詳しくて、すごく楽しそうだなって」

「？？？　どうしたの？」

「えっ」

未仔の発言に、夏彦が我に返る。同時に赤面。

オタクあるある。好きなモノの話になると、周りが見えなくなりがち。

「ご、ごめんっ！　調子に乗ってついつい喋(しゃべ)りすぎちゃって。ハハハ……、オタク丸出しでお見苦しいとこをお見せしました……」

卑屈さＭＡＸの夏彦に、「気にしないで大丈夫」と未仔は微笑(ほほえ)む。

「引いてるから笑ったわけじゃないよ？」

「……そ、そうなの？」

「そうだよ。熱中できる趣味を持ってることって、素敵なことだと思うもん」

お世辞ではないからこそ、未仔は笑顔のまま。

「それにね？　すっごいお喋りになっちゃうのも分かるから」

「未仔ちゃんもそうなの？」

「うんっ」

未仔もまた自分と同じなんだと夏彦は安堵(あんど)する。

同時に1つの疑問が沸き起こる。

未仔ちゃんは、何を語るときに饒舌になるのだろうと。

大方の予想としては、料理かファッション。

女の子らしい未仔のことだから、テディベアや可愛い雑貨集めなのかもしれない。

何にせよだ。未仔が呼吸するタイミングを忘れてしまうくらい無我夢中で好きなものを語る姿を見てみたいと夏彦は思う。

しかし、その願いを叶えるのは難しい。

何故ならば、

「友達にナツ君のことを話すとき、私、すっごいお喋りになっちゃうの」

「えっ」

好きなモノではなく、好きな人。

しかも、まさかの自分自身。

「お、俺⁉」と夏彦がまたしても顔を赤らめれば、未仔も負けじと顔を赤らめて頷く。

「休み時間の教室とか、放課後のファミレスやカラオケでよく聞かれるの。『未仔の彼氏ってどんな人？』って」

いわゆる恋バナ。

友達に聞かれるのも無理はない。入学して間もなくで恋人がいるのだ。しかも、アタックされた側ではなくアタックした側、長い年月をかけて成就した恋なのだから。

これだけ甘々な恋バナが気にならない女子のほうが珍しい。

嬉しいといえば嬉しい。けれど、未仔が周りの友達に、ものごっついハードルを上げて自分を紹介しているのでは……？　と夏彦は心配にもなってしまう。

「ジュノンボーイとか三代目にいそうなくらいカッコいいらしいよ！」とか、「空から降ってきた未仔ちゃんを、身を挺してキャッチしたんだとか！」などなど。

一体どんなイケメンなんだと未仔フレンズが教室を覗きに来れば、そこにはフツメンが1匹。

「んだよ。ゆるキャラコンテストにでも応募しとけやカス」、「お前が飛行船から飛び降りてバルスしろアホンダラ」などなど。

中指を立てられるところまで想像していた夏彦に、未仔が擦り寄ってくる。

そして、はにかみつつ言われてしまう。

「えへへ……♪　だから私はナツ君オタクなんです♪」

「未仔ちゃん……！」

心配事など一瞬でどうでも良くなってしまう。それくらいのインパクト。

それどころか張り合ってしまう。

「お、俺も！　俺も未仔ちゃんオタクだよ！　未仔ちゃん検定があるのなら師範を目指し、プロリーグがあるんだったらチャンピオン目指すくらい！」

鼻息荒く語る夏彦に、「えー？　ほんとに？」と未仔も嬉し気。

「それじゃあ、ナツ君がチャンピオンになれるように、もっと私のことを知ってもらおうかな」

「？？？　それってどういう――」

「ででん♪　未仔検定から出題でーす♪」

「！」

可愛らしい効果音から、いきなり始まる未仔検定。

「私こと神崎未仔は、ナツ君に甘えるのが好き？　それとも、甘えられるのが好き？」

「何その愛くるしい問題」と、夏彦は問題文だけでトキめいてしまうが、その間にも「チク、タク、チク……」と、未仔タイマーのカウントダウンは進んでいく。

事は一刻を争う。

「え、えっと！　俺に！　俺に甘えるでファイナルアンサー！」

夏彦が威勢よく答えれば、出題者の未仔が焦らしプレイ。まん丸で愛嬌(あいきょう)ある瞳や小さな手のひらを、ぎゅううう〜〜！　と閉じつつ、小柄な身体をぷるぷる震わせる。

夏彦が生唾を飲み込んだタイミング。ついに未仔の瞳がパッチリ見開く。

「ぶっぶー♪」

「えっ！」

「正解は、どっちも大好きでしたー♪」

「!!!」

不正解者、夏彦に与えられるのは、罰というよりもご褒美。

それもそのはず。豪快にもハグ攻撃を仕掛けてきたのだから。

バランスを崩した夏彦が、「うお……っ！」とカーペットへ横になってしまえば、並行して未仔もセットで付いてくる。さらには、押し倒したのには理由があるんですと、夏彦の胸板でゴロニャン。

思わぬ引っ掛け問題に、夏彦は機嫌を損ねてしまう？

否。損ねるどころか、幸せいっぱい。思わず笑顔になってしまうくらいだ。

「ずるいぞ未仔ちゃん！」

じゃれてくる愛する彼女へ仕返しせずにはいられない。イタズラせずにはいられない。

未仔のサラサラな髪や喉元を撫でれば、「ナツ君、くすぐったいよ〜♪」と未仔も大はしゃぎ。互いを愛でれば愛でるほど、止めどなく笑顔が溢れてしまう。

「ナツ君っ」

「ん？」

「私のこと沢山教えるから、ナツ君も沢山色んなこと私に教えてね？」

「……っ！　勿論だよ！」

「うん♪」

未仔の幸せすぎる発言に、「ああ……、この子が空き地の段ボール箱に入っていたら、間違いなく連れて帰っちゃうよなぁ……」と夏彦は固体から液体になってしまいそう。

そんな半固体状態な夏彦が、ふとしたモノを発見する。

その正体は、壁に掛かったコルクボード。

勿論、ただのコルクボードに興味を抱いたわけではない。いくつか貼られている写真の中で、とても懐かしい写真を夏彦は捉えた。

小学生時代の夏彦と未仔の2ショット写真。

地元の夏祭りの日に撮ったらしく、未仔は可愛らしい浴衣姿で夏彦は半袖半パン。いきなり撮られた1枚だからか、手を繋ぐ2人の姿は多少ピンボケしてしまっている。

未仔も夏彦の視線で、何に注目しているのか気付く。

NIC
NICe!

「ナツ君、あの写真覚えてる？」

「えっと……。迷子の新那を一緒に探してたときだよね。俺が小5くらいだったかな？」

今回は正解のようで、「ピンポーン♪」と未仔が声音を弾ませる。

「私の方が迷子だったのかもしれないけどね」

「いやいやいや。あれは完全にウチの妹が迷子だよ。というかアイツ、自由すぎ」

事件の詳細はこうだ。

夏彦が友達と夏祭りを楽しんでいると、すれ違う人々の中から1人ぼっちの未仔を発見。

「未仔ちゃん、どうしたの？」

「！　ナ、ナツ君……？　えっとね……、にーなちゃんと、はぐれちゃったの……」

地元の小さい夏祭りとはいえ、妹の友達、今にも泣き出しそうなくらい小さくなっている女の子を放っておくわけにはいかない。

お人好し(ひとよ)の夏彦は、不安に圧(お)し潰されそうな未仔へと手を差し伸べる。

「一緒に探そっか！」

「……いいの？」

「いいに決まってるよ！　ほら、行こ行こ！」

「う、うんっ」

差し出された夏彦の手を未仔が握り締め、一緒に新那探しをしていく。

捜索開始15分、千本クジの屋台でクジを引いている新那を発見。

「ミィちゃんと夏兄、トイカメラGETしたよー♪」と駆け寄ってくる愚妹に夏彦がデコピンを食らわせて事件は終わりを告げる。


夏彦が妹のフリーダムさを思い返せば、未仔も当時のことを思い出し、「懐かしいね」と笑みを浮かべる。

「にーなちゃんが景品で取ったトイカメラで、私たちのことを撮影してくれたときの1枚です」

「ああー。だから、こんなにピンボケしてるのか」

写真へと目を凝らせば、夏彦は思わず笑ってしまう。ピンボケしているにも拘らず、自分の呆れ顔、未仔の苦笑いする表情はしっかり映っていたから。

ピンボケしてるわ、自分は呆れているわ、未仔は苦笑いしているわ。

思い出として酷くしょうもないのかもしれない。

けれど、未仔としては大切な思い出の1つ。

「あのときね。にーなちゃんが見つかって、すっごく安心したの。けど、」

「けど？」

「安心と同時に、『あ……、ナツ君との夏祭り終わっちゃった……』って。握ってた手を離すのも寂しかったんだよ？」

いくら過去の話とはいえ、乙女のカミングアウトに夏彦が照れを隠せるわけもなく。

トドメの笑顔は反則級。

「だからね？　あの写真、ナツ君と私が映ってる唯一の写真だから、一番の宝物なんだ♪」

「！　ははは……。嬉しいというか、光栄すぎて恐縮ですというか……。ありがとね、大事にしてくれてて」

「いえいえ♪」

たかだか15分弱の時間も、幼い頃の未仔にとっては濃密な時間。

僅かな時間にドラマチックな展開など何一つ無かった。「夏休みの宿題終わった？　俺は全然！」とか、「え！　沖縄行ったの！　いいなー！」とか。小学生相応な会話しか夏彦はしていない。

しかし、そんな凡庸な会話が、今にも泣き出しそうだった自分を元気づかせるための会話だと未仔は理解していた。故に凡庸な思い出ではなく、かけがえのない思い出として胸にしまい込まれ続けている。

肩に寄りかかり、鼻歌を口ずさんでいる未仔に、夏彦は提案せずにはいられない。

「未仔ちゃん。今年の夏は、一緒に夏祭りに行こうね」

「！　行ってくれるの？」

「勿論。というか、俺ももっと未仔ちゃんとの思い出が欲しいからさ」

夏祭りデートのお誘いだけでも胸が弾んでしまうのに、愛する彼氏が自分との思い出が欲しいと言ってくれている。

「もうっ……、ナツ君、反則っ！」

これ以上にやけ顔を見せるのは恥ずかしいと、夏彦の二の腕へと未仔は顔を埋めずにはいられない。

夏彦の匂いに癒されること数秒。未仔はスリスリと頬ずりを開始し、「また楽しみが増えちゃったな……♪」と、夏祭りデートを快諾。

快諾だけでは留まらず、床に転がりっぱなしのスマホを未仔は回収する。

小さな指でせっせと操作し、カメラを起動。そのまま自分たちが映り込むように腕を伸ばして撮影態勢を整える。

「これからは、沢山思い出の写真も撮ってこーね？」

「う、うん！」

ド普通な男子高校生故、カメラ慣れしていない夏彦は、どこかギコちない笑顔になってしまう。

けれど、ギコちない笑顔など一瞬で吹き飛ぶ。

「!!!」

シャッター音が聞こえたと同時。自分の頬へと未仔が唇を押し付けてきたから。

2ショットで、ちゅーショット。

「えへへ……♪　恥ずかしいけど、やっぱり初デートの思い出として残したかったから」

彼女の大胆な行動に夢見心地の夏彦だが、夢を見ている場合ではない。

その写真、激しく求む。

「お、俺も！　その写真頂戴！」

「タダじゃ、あげなーい♪」

「ええっ⁉」

まさかの小悪魔未仔ちゃん。

英世（ひでよ）3人。いや！　諭吉（ゆきち）1人で手を打ってくれませんか⁉　と、夏彦は財布を取り出そうとするが、未仔は金銭を求めているわけではない。

「交換ならいいよ？」

「え、交換？」

「うんっ♪ 逆バージョンの2ショット写真！」

「そ、それって――、」

今からホッペにキスしていいってことですか？ 未仔は『いつでも心の準備はできてます』と、夏彦へと頬を差し出している。

聞く必要もない。

夏彦、幸せを注入されすぎて、原形を留めることさえ至難。もはやゲル彦。

「ああ……。いつまでも経っても、このドキドキには慣れそうにはないな」と思ってしまう。けれど、それで良いのだろうとも思ってしまう。

手汗びっしょりに自分のスマホのカメラを起動させれば、視線はインカメラではなく、透き通るほど真っ白な未仔の頬。

撮影の準備、心の準備を整え、ゆっくりと未仔へ近づいていく。

そして、柔らかな頬へとキス。

しようとした。

「……？」

キスする刹那、夏彦が固まる。
スマホよりさらに向こう側、ふとした光景が目に入ってしまったから。
その正体は、壁に掛かったコルクボード？
それとも、何かしらの思い出の品？
はたまた、自分の化身であるヌイグルミ？
否。

「うぉう⁉」

声を上げて驚く夏彦の視線先。
そこには、半開きのドアから、ぬっと顔を出す40代男性の姿が。

「！？！？！！？！？？！」

ドアが開かれ、男の全貌が明らかになれば、夏彦は声を出すことすら忘れてしまう。
男の第一印象は筋骨隆々。ガタイのいい身体（からだ）に顎ヒゲ、黒縁眼鏡の風貌が、謎に格闘家感、「一昔前は世界王者、今は試合解説やコメンテーターをやっています」感をとてつもなく醸し出している。

「何故、プロ格闘家が未仔ちゃんの家に⁉」と錯乱の状態の夏彦とは対照的に、少し遅れて気付いた未仔が驚きつつも呟く。

「お、お父さん……！」

「？？？　おとうさん……？　………………。‼　みみみみ未仔ちゃんのお父さん⁉」

未仔の父親現る。

「こんにちは。未仔の父です」

「！　……え、あっ！　こ、こんにちは！」

面食らっている場合ではない。高校生の夏彦でも、ファーストインプレッションが大事なのは理解できている。

迅速に胡坐から正座へトランスフォーム。すぐさま、未仔父に深々と土下座で御挨拶。

「未仔ちゃんとお付き合いさせていただいております！　傘井夏彦と申します！　以後お見知りおき――、お見知りおきを！」

「そうか。やはり、君が夏彦君なんだね」

「えっ。俺のこと知ってるんですか？」

「知ってるさ。未仔が妻とよく話してるからね」

顔を上げた夏彦は、思わず安堵してしまう。

ニコッ、と口角を上げる未仔父は紳士そのもの。一時は剛腕ラリアットで、首を刎ね飛ばされることさえ覚悟していた。邪な考えを持っていたことに罪悪感すら感じてしまう。

「これからも君のことは、よく覚えておくよ」

「はいっ！」

未仔父は、さらに丁寧かつ、ゆっくりと夏彦に告げる。

殺意をたっぷり込めて。

「家主がいない隙に、娘にキスしようとしてる夏彦君のことをなぁ……！」

「え…………」

お帰りなさいませ、恐怖の感情。

「！！！？？？　ひぃぃぃぃぃぃ⁉」

夏彦、失禁寸前。未仔父の『微笑み』が『猛り』に一瞬でトランスフォーム。

狼男が満月を見たかの如し。俺の筋肉はこんなもんじゃないぞと、腕に巻かれたゴツい腕時計のメタルバンドさえ破裂しそうなくらいパンプアップ。

眉間に力を入れれば入れるほど、こめかみから血管が浮き出れば浮き出るほど、未仔父の顔に文字が浮かび上がって来る。

『娘に手を出す奴（やつ）は、万死に値する』と。

「あわわわわ……！」

目の前の戸愚呂（とぐろ）100％に、夏彦は頭が真っ白。

無理もない。緊張からの緩和、からの恐怖なのだから。

誰もが無理ゲーだと匙（さじ）を投げる状況下、

「ナツ君は悪くないもん！　お家（うち）に誘ったのは私だもん！」

チワワな未仔が、ライオンキングな父にキャンキャン吠（ほ）える。

「未仔は黙ってなさい！」

「黙らないもん！　あ・い・う・え・お！」

「君って奴は、こんなときでも何て可愛（かわい）いんだ……」と、夏彦の壊れかけのハートを未仔がヒーリングしてくれる。

未仔父には、さらなる怒り状態を付与してしまう？

ということはないようで、

か行、さ行と未仔が詠唱し続ければし続けるほど、般若（はんにゃ）のようだった未仔父の顔付きが、穏やかな表情へと変わっていく。

夏彦は気付く。「あ……。お父さんも、癒されちゃいますよね……」と。

親馬鹿とバカレシ。

とはいえ、夏彦と分かり合う気は毛頭ないらしい。未仔父は、ハッ！　と我に返ると、雄々しい表情へと逆戻り。

咳払(せきばら)いを1つし、

「夏彦君。君はもう帰りなさい」

「！」

「じきに日も暮れるし丁度良いだろう。それに、高校生になったばかりの娘に手を出そうとする状況を、黙って見過ごすわけにもいかん」

夏彦は思い出す。キスする瞬間を見られていたことを。

故に、ド正論すぎて何も言い返せない。

未仔としては、夏彦とまだまだ一緒にいたい。大前提、夏彦へ悪態づくのは許さないと、尚(なお)も抵抗する。

「高校生になったばかりじゃなくて、もう高校生だもん！」

「高校生になったから良いとか、そういう発想が子供だと言っているんだ」

「高校生になるまで、ずっと我慢してたんだもん！　ナツ君が大好きなんだもん！」

未仔ご乱心。『この気持ち、絶対に譲ることはできない』と、夏彦の腕を引き寄せる。

引き寄せるだけなら良かった。

「う、うぉっ……！」

不意に引っ張られた夏彦はバランスを崩してしまう。未仔側へと傾いてしまう。

すなわち、未仔のたわわで柔らかオッパイへと顔がめり込んでしまう。

「srgvdfdfxlm；z！！？？」

未仔のモンスターバストに捕食され、夏彦大パニック。

床に手を付こうとアタフタするが、未仔との距離が近すぎる。未仔のデリケートな部分、モモやお尻に触れることしかできない。そもそもの話、ぎゅううう！ と力いっぱい抱擁する未仔が脱出を許してくれない。

底なし沼もとい、底なしおっぱい。

マシュマロバスト、聖母の大海に沈んでいく夏彦は、沈んでいるにも拘らず、昇天する感覚を味わってしまう。

「死に方としては悪くない……」と息苦しさすら忘れる始末。

未仔父の声を聞くまでは。

「帰れい……！ 俺の理性が保たれてるうちになぁ……！」

「ひっ……」

未仔父、スパーキング。

「窒息死などさせない。貴様は俺が握り殺す」とでも言わんばかり。筋肉がさらに膨らみ、ぼっこり盛り上がる。纏う白Tシャツがミリミリミリ……！　と悲鳴をあげ、目まぐるしく駆け巡る血流が、熱を帯びた鋼のように、肉体をより強固で狂暴な姿へと変えていく。

もはやモノノフ。

人ならざる者へ変わっていく未仔父を見て、夏彦は思う。

帰らなければ死ぬ、と。

帰りたい。けど、帰れない。

「ナツ君を殺したら、私も死んでやる！」

ヒートアップする未仔が、夏彦への抱擁をさらに強めるから。

「ナツ君は、お父さんみたいに乱暴しようとしないもん！　すっごく優しい人だから！」

「み、未仔ちゃん、これ以上お父さんを刺激――、」

「お父さん言うなぁ!!!」

「すすすいません！」

未仔父の怒りメーターが限界寸前。乱暴や暴力がダメなことは重々承知だが、愛する娘に愛される夏彦を滅したい気持ちが拭えない。

「ぐ、ぐううううううう……〜〜〜！　は、早く出ていけ……！」

まるで内なる悪魔と戦っているような。未仔父は振り上げようとする右手を、左手で必死に抑え込んでいる。

いつ、内なる悪魔が突き破って夏彦に襲い掛かるか分からない。

悪魔超人になりつつある父に対し、未仔の取った行動は守りから攻め。

夏彦を抱き寄せるのではなく、勇猛果敢にも父親の前へと立ちはだかる。

「それに、ナツ君にだったら滅茶苦茶(めちゃくちゃ)にされてもいいもん！」

「み、未仔ちゃん!?」「滅茶苦茶……、だと？」

夏彦と父の視線を浴びつつ、未仔が声を大にして叫ぶ。

改心の一撃を。

「ナツ君にだったら、おっぱい揉まれても、へっちゃらだもん！」

「夏彦ォォォォォォ――――――――！！！！」

親父(おやじ)、限界突破。

「お、お邪魔しましたぁぁぁぁ!!!」「ナツ君逃げて――――っ!!!」

怪物(オーガ)化する父に未仔がしがみつき、その隙に夏彦が部屋を飛び出す。

彼女のファインプレーを無駄にはできないと、廊下から階段をガムシャラに駆け降りる姿は、水面をワチャワチャと疾走するトカゲに似ている。

カカトまで足を入れる時間さえ惜しいと、スニーカーを足に突っ掛け玄関から外へ脱出。

それでも夏彦は走り続ける。この首掻き切るために追ってくる可能性が十分あると思ったから。

こうして、夏彦と未仔の甘酸っぱい初デートは幕を閉じる。

閉ざされたの表現のほうが適切なのかもしれない。

5章：守るため、その手に掴むもの

命からがら、自宅へと帰還したその夜。

本来ならば甘々で幸せいっぱいのデートを、妹に自慢するはずだった。

はずだった。

「花屋!?　うっそだぁ！」

「嘘じゃないよ。ミィちゃんのお父さんは、お花屋さんだよ？」

夕食終わりのリビング。夏彦は新那から衝撃の事実を聞かされ、素っ頓狂な声を上げてしまう。

話題はデートではなく、当然、未仔父について。

夏彦は改めて未仔父の姿を思い返すが、やはり従業員エプロンよりもタンクトップ姿の男しか想像ができない。花束を抱える姿より、バーベルを持ち上げている姿しか思い浮かばない。

「花屋は仮の姿で、地下格闘家とか暗殺業を生業にしてるんじゃないの……？」

「夏兄、漫画の読み過ぎ」

「いやいやいや！　漫画脳にもなるって！　未仔ちゃんとタイプが違いすぎて、ライオンがウサギ育ててる感が半端ないしさ！」

「ミィちゃんはお母さん似だからね～」

「まぁ……、そう言われてしまえば、そうだったな……」

幼い頃、夏彦は未仔母に何度か会ったことがある。

未仔と同じく小柄なお母さんで、年の離れたお姉さんと紹介されても頷いてしまうほど、若々しく未仔にそっくりだった。

「そうでしょ？」と相変わらずマイペースな新那は、夏彦の飲んでいたコーラを回収し、自分の食べているバニラアイスへとゆっくり注いでいく。

「それに、ミィちゃんのお父さん、昔はもっとシュッとしてたんだよね」

「え？」

「5年くらい前からかなぁ。ミィちゃんのお父さん、いきなりスポーツジムに通うようになったらしいよ」

夏彦は何となしに嫌な予感がした。

「その理由って、ひょっとして俺が関係してる……？」

「んー、どうだろーね。ミィちゃんいわく、『鍛えないといけない理由ができた』の一点張りだとか」

「ぜ、絶対俺を殺すためだ！」

予感が確信へとチェンジし、夏彦は絶望の淵へと叩き落とされる。

我が娘を守るため。その一心で、細身だった男が筋肉という鎧を身に纏い、自分を粉微塵にしようとしていることが、ただただ恐ろしい。

「コーラフロート美味しい～♪」と目の前でまったりする妹が、ただただ羨ましい。

いくら羨ましがっても、事態は何も変わらない。

自分から恨みを売った覚えはないが、恨みを買われた覚えはある。

特に夏彦が最大要因だと考えてしまうのは、

「やっぱり、俺きっかけで進路先変えたのが一番の逆鱗だよなぁ……」

「う～ん……。否定はしづらいかも……」

「そうだよな～……」

夏彦はガックシとその場でうなだれてしまう。

先日、暮れなずむ公園で未仔の口から聞いた一言が脳内再生される。

『ナツ君と同じ高校に入って、告白しようって』

自分に想いを伝えるため、父親に大反対をくらってまで、未仔はエスカレーター式の学校ではなく、夏彦の通う高校へと進学してきた。

未仔は後悔は一切ないと言っていたし、夏彦としても彼女を後悔させないためにも全力で協力していきたいと本気で思っている。

けどだ。

「俺だって、好きな男のいる高校に入りたいって自分の娘が言ったら大反対しちゃうよ」

父親の立場で考えた場合は、話が別になってしまう。

未仔父も、意地悪で自分たちの関係を悪く思っているわけではない。むしろ、娘を大事に思っているからこそ、敵対意識を抱いているのは分かっている。

「まぁ、お父さんの立場からしたらそうだよねー。どこの馬の骨か分からない男に人生預けるんだから」

「どこの馬の骨って、お前……。未仔ちゃんの親友の兄くらいは分かってるだろ」

「余計印象悪いかもよー？　友達のお兄さんが手を出してきたみたいで」

「た、確かに……。てか！　お前はどっちの味方なんだよ！」

「どっちも何も、にーなはミィちゃんの味方だよ？」

「……。親友として１００点満点の答えかよ……」

にへら～、と笑う新那はやはりマイペース。

とはいえ、何も考えていないわけでも、兄の敵でもない。

「こういう問題は、じっくり解決していくしかないんじゃない？」

「じっくり？」

「そーそー。夏兄がどれだけミィちゃんを大事に思ってるかアピールし続ければ、『あ、コイツは本気なんだな』って、ミィちゃんのお父さんも分かってくれるだろーし」

「なるほど。一理あるな」

「でしょー？　『千里の道も一歩から』、『塵も積もれば山となる』、『小さなことからコツコツと』だよ」

「師匠の言葉をドサクサに紛れさせるなよ……」

妹の天然具合も相変わらずなものの、アドバイスとしては実に的を射ている。

「……まぁ、ウダウダ悩んでても仕方ないってことか」

「そういうことだねー♪」

複雑で難しい問題だからこそ、一朝一夕で解決できる問題ではない。

心配や不安で焦り続けるくらいなら、具体策を考え続けることに時間を割くべき。

夏彦は腕組みして唸ってしまう。

「まずは信用を得るために何をするかだよなぁ」

「とりあえず、夏兄も鍛えることから始めたら？」

「なんでだよ」

「『娘が欲しくば、父を倒せ』ってなったときのために」

「そんな昭和のスポ根じみた……」と呟く夏彦だが思い出してしまう。

未仔父のモノノフじみた筋肉を。

「うん……。腕立てとかスクワットくらいはしていこうかな……」

「手伝ってあげよっか？」

思い立ったが吉日。「頼む」と頭を下げた夏彦は、その場で腕立て伏せを開始。

アイスを食べる新那を背に乗せて。

「ぐ……っ、いきなり負荷を掛けすぎた……」

3回目の腕立てで限界を感じているときだった。

ピンポーン、とインターホンのチャイムが鳴り響く。

「はいは〜い」と新那が立ち上がり、夏彦の身体に軽さが戻る。

掛け時計を見れば21時過ぎ。こんな夜分遅くに誰だろうか。

回覧板？　宅配便？　はたまた怪しい勧誘？

夏彦の疑問は、新那の一言で吹き飛ぶ。

「あれ？　ミイちゃん？」

「え？」

思わぬ人物の名前に、キョトンとしてしまう。

キョトンしている場合ではない。何用だろうと、インターホンへと駆け寄った夏彦も、

そのまま画面を覗（のぞ）いてみる。

確かに、しっかり未仔が映し出されていた。

夏彦の心臓がギュッ、と握られる。

「未仔、ちゃん……？」

画面に映る未仔を見た夏彦は、走らずにはいられなかった。

天真爛漫（てんしんらんまん）な未仔が、涙ぐんでいたから。

全速力でリビングから玄関へ向かった夏彦は、勢いそのままに扉を開く。

「未仔ちゃん！　一体どうしたの――、」

「ナツ君っ……！」

尋ねるよりも先、顔を見て安堵（あんど）した未仔が、夏彦を力いっぱい抱きしめる。

涙を流しながら。

余程、急いで飛び出してきたのだろう。未仔は家デートしたときと同じ、部屋着のまま。

いくら春といえど、夏彦とお揃いのロゴTにショートパンツの姿は、4月中旬の夜には厳しい。未仔の色白な肌を一層に白くさせ、普段は熱いくらい温かい体温も、すっかり冷え切っている。

震えているのは、寒いからだけではない。それくらい夏彦には分かっている。

「お父さんと喧嘩しちゃったの？」

抱き着いたままの未仔が、小さく頷く。

「……ずっと我慢してたんだよ？　けど……、私のことだけじゃなくて、ナツ君のことも言われたら……うぐっ、我慢できなくなって……」

嗚咽が漏れる。それでも未仔は懸命に言葉を紡ぎ続ける。

「言い返しても言い返しても、全然納得してもらえなくて……。やっぱり進路を変えさせるんじゃなかったって……」

「……」

「子ども扱いしてきたり、もっと大人になれって言われたり……。ズルいよ……っ！　そんなこと言われても無理だよ……、分かんないよ……！」

哀しかったり、悔しかったり、腹が立ったり。色んな感情がグチャグチャになればなるほど、未仔の泣き顔も一層グチャグチャになってしまう。

別れろと言われたのか、家を出て行けと言われたのか、前の学校に編入し直せとでも言われたのか。

何を言われたのかまでは、夏彦には分からない。

けれど、

「我慢できるわけないよっ！　だって、ナツ君が大好きなんだもん！　ひぐっ……！　うわぁぁぁぁん！」

未仔が自分を好きでいてくれていることだけは、ハッキリと伝わってくる。

ついには泣きじゃくってしまう未仔を支えつつ、夏彦は玄関の段差へと一緒に腰を下ろす。そのまま、普段以上に小さくなってしまった彼女の背中を、ゆっくりさすり続ける。

というより、さすることしかできなかった。

「大丈夫だよ」と言ってあげたい。けど、その言葉はあまりにも無責任に思え、口にすることができない。

自分のことを守ろうとボロボロになっている彼女が、大丈夫なわけがない。

自分がもっと頼れる存在だったら、今頃の未仔はデートのことを振り返り、きっと笑顔でいてくれていた。隣で胸を痛めることなど有り得なかった。

己の未熟さ、不甲斐なさに、夏彦は目に涙さえ込み上げてくる。

自分に言い聞かせる。『耐えろ。これ以上、未仔ちゃんを不安がらせてどうする』と。

悔しさ、惨めさを耐えつつ、自分が何をしてあげられるのかを必死に考え続ける。

当然、名案は思い浮かばない。

そんなことは分かっている。一朝一夕で浮かばないからこそ、少しずつ段階を踏もうとしていたくらいなのだから。

「ミィちゃん、今日はウチに泊まっていきなよ」

振り返れば、妹の新那が近寄ってきていた。

妹ではなく、親友の表現のほうが適切なのかもしれない。

「明日は日曜日だし、ミィちゃんゆっくりしてって。ね？」

「で、でも……」

無我夢中で家を飛び出してきただけに、未仔はこれからのことを何も考えていなかったのだろう。思わぬ提案に、ただただ新那を見つめる。

「傘井(かさい)家のことは気にしない気にしない♪　そんなことよりさ！　今日のデート中、夏兄がやらかした話とか、沢山聞かせてほしーな？」

どんなときでも、慌てず物怖(ものお)じしない。

新那のいつも通りな、まったりスマイルは、安心感を与えるには打ってつけ。

それは夏彦も例外ではない。

「何でお前は、俺が変なことした前提なんだよ……」

「え〜。変なことしてなかったら、びしょびしょのお洋服持って帰ってこないでしょー？」

「うっ……。そ、それはだな——、」

「デート嬉しすぎて、お漏らししちゃった？」

「嬉ションなんかせんわ！　デートは嬉しかったけども！」

夏彦が思わずツッコめば、「つまんなーい」と新那が唇を尖らせる。

そして、

「もう……っ、そんなの笑っちゃうよ……！」

涙ぐんでいたはずの未仔が、小さく吹き出してしまう。

未仔がクスクスと肩を上下させれば、夏彦と新那も顔を見合わせてしまう。同時に笑みもこぼれてしまう。

狙ってやったのか、天然なのかは分からない。確実に言えるのは、妹は大した奴だということ。

夏彦に余裕が生まれる頃、リビングから電話が鳴り響く。

十中八九、未仔の家から。故に夏彦は立ち上がる。

のだが、

「夏兄じゃなくて、にーなが出るよ」

「えっ？　でも――、」

「もし、ミィちゃんのお父さんからだったら、余計ややこしくなるでしょ」

「……。確かにそうだな……」

「『ミィちゃんはウチに泊まらせます』って親友のにーなが言うのと、彼氏の夏兄が言うのとでは印象も大分違うしねー」

「……仰るとおりで」

無策な現状、親友ポジションである新那のほうが、未仔の両親たちから宿泊許可を得られる可能性は断然高い。

「行ってきまーす」と小走りでリビングへ向かった新那が、何かを発見して足を止める。

そのまま、発見したものをグイ、と廊下へと引っ張り出す。

夏彦たちの父と母である。

何が起こっているのか全く理解できていないのは明白。父など、上機嫌にほろ酔い気分だったはずが、一瞬で酔いが吹き飛び素面で口をぽっかり。

「にーなにミィちゃん家のことは任せて、夏兄はお父さんとお母さんに色々説明してあげてねー」

「お、おお……」

夏彦は察する。現状何が起こっているのかの説明は勿論(もちろん)、妹の親友と付き合っていることから教える必要があることに。

※　※　※

自室へと一人戻った夏彦は、ベッドへ倒れ込んでしまう。

「さすがに疲れた……」

未仔と付き合い始めたこと、未仔が父親と喧嘩(けんか)して家を飛び出してしまったことなど。

事態をややこしくしない、かつ未仔を傷付けないよう言葉を選びながらの説明は、中々にヘビーな任務だったようだ。

そんな夏彦や新那の努力の甲斐(かい)あって、互いの親から未仔の宿泊許可を得られた。

しかし、宿泊許可が得られたからといって、事態が収束に向かっているかといえばNO。

ただ、猶予が与えられただけ。

問題を先延ばししただけで、何も良い方向へは向かっていない。

「どうしたもんかなぁ……」

未仔と父親には仲直りしてほしい。

仲直りしてほしいものの、解決策はやはり思い浮かばない。

頭をひねり続けるが、具体的どころか抽象的にも解決の糸口が掴めない。

考えれば考えるほど、どんどんマイナスな案しか浮かばなくなってしまう。

未仔ちゃんと別れる

「っ……」

最悪な案が思い浮かべば、反射的に身震いが起こる。

導き出す答えとしては絶対に有り得ない。そもそも、別れたところで丸く収まる話でなければ、未仔を悲しませるようなことは絶対にしたくない。

にも拘らず、『別れる』という選択肢がどうしようもなくチラつく。絶対に有り得ない案なのに、頭の中から消えてくれない。

ベッドに沈む身体は、気が滅入れば滅入るほど、どんどん深く沈んでいる感覚に陥る。

「……ん？」

そんな沈みゆく夏彦を引っ張り上げるのは、1本の電話だった。

『ナツー。ゲームしよやー』

電話の主は琥珀(こはく)。今もゲーム中のようで、ゲーム音であったり、コントローラーをカチャカチャする音が。

悩みなど知る由もない悪友の声は、能天気といえば能天気なのだが、不思議と安堵感(あんどかん)を与える。

それでも、ゲームを一緒にするまでは至らない。

「悪いけどパス。今、そんな気分じゃないんだよ」

『なんやなんや。今日のデート失敗したくらいで落ち込みなや』

「!? し、失敗なんかしてねーし」

『無理無理無理無理。盛大にやらかしてないと、そんな死に声出さへんやろ』

「うっ……」

『はてさて。バトロワゲーの誘いやったんやけど、ナツの声聞いてたら、久々にバイオしたくなってきたわー。よっしゃ! 今からリメイク版インストールするから、30分後にシェアプレ――』

「シェアプレイせんわ! てか! 人をゾンビ扱いすんじゃねー!」

ベッドから起き上がるほど。夏彦渾身(こんしん)のツッコミに、琥珀はケラケラとご満悦。

『いや〜。ナツは扱いが楽でええわ〜。ワレモノとか生モノより宅配が楽なんちゃう？』

「ちくしょう……。お前宛てに俺を速達してやりたい……。箱を開けた瞬間、グーパンしてやりたい……！」

『開けるわけないやん。ゴミ収集車のプレスで一発やで』

「粗大ゴミに出された……？」

『可燃ゴミとか不燃ゴミって言わないあたり、ウチとしてはポイント高いよ』

「そんなポイントいらんわ！」と夏彦はツッコみたいが、これ以上琥珀の玩具になってたまるものかとグッ、と言葉を我慢。

『で、ナツは何で落ち込んでんの？　どーせ、未仔ちゃん絡みではあるんやろ？』

「全てお見通しって言い方が腹立つ……。まぁ、その通りなんだけどさ」

『ウチが相談乗ったるから言ってみ言ってみ』

『ド〜ンと胸貸したる！』と雄々しすぎる琥珀の言葉。

大雑把な性格だし、興味本位でしか聞いてくれないかもしれない。

それでも、琥珀自ら相談に乗ると言ってくれている。

夏彦は心を許してしまう。

「俺が原因で、未仔ちゃんとお父さんが喧嘩しちゃっててさ。それで仲直りして欲しいんだけど、どうすればいいかで悩んでるんだよ」

『……ほう』

「でさ。悩めば悩むほど、『俺のせいで、未仔ちゃんの人生狂わせちゃったのかな』って悪い考えしか浮かばなくなってきてるんだ」

溜め込んでいた気持ちを吐露し、それを聞いている琥珀もまた、『成程なぁ……』と深々と重々しく息を吐く。

未仔と新那の関係同様、琥珀もまた夏彦の親友。

親友へ手を差し伸べるのは当たり前のこと。

『しょーもなっ』

「………。えっ……」

ということはなく。

心からしょうもないと思っているらしい。カシュッ！　と炭酸ジュースらしきプルタブが開く音がすれば、グビグビと喉を鳴らして味わっている音まで聞こえてくる。

『ブハァ……。せっかくのエナドリが不味なるわ』

「そんな酒が不味くなるみたいに……」

『やって、しょうもないんやもん』

「お、お前っ……！　一体どこらへんが──」

『人生狂ったか狂ってないかなんて、自分自身で決めるもんやん』

「──え？」

唖然とする夏彦に、さらに琥珀は言ってやる。

『未仔ちゃんは、ナツのせいで人生狂ったって言ってきたんか？』

「っ！」

電話越し。にも拘わらず、夏彦は琥珀に水をぶっかけられたような衝撃を与えられる。目を覚ますには十分すぎる一撃だった。

「………。ううん……、言われたことなんか一度もない」

『せやろな。上級生だらけの教室で、ナツを庇うような子が、そんなこと言うわけないし』

夏彦は思い出す。

「私は本当にナツ君のことが大好きなんだもんっ！！！！！」

クラスメイトの誰もが、恋人関係を疑う中、彼女である未仔だけは信じてもらおうと力いっぱいに抱きしめてくれた。ありったけの想いを叫んでくれた。

『大事にしたいとか、過保護すぎるのは結構やけど、もっと未仔ちゃんを信じてやりーや。報われへんわ』

「……うん。琥珀の言う通りだな」

あっけらかんとした、サバサバとした琥珀らしい助言。

新那のように、琥珀は親友へ手を差し伸べない。むしろ崖から突き落とすくらいの手厳しさで接する。

それでも、自分の力で登って来いと言ってくれる。崖上から叱咤激励してくれる。

夏彦と琥珀の関係はそういうもの。

親友であり、悪友である2人らしい関係だ。

『そ・れ・に・な』

「な、なに?」

『アンタ、「ド」人好し過ぎんねん』

「へっ?」

『自分が加害者みたいな言い方してるけど、聞いてる感じ被害者でもあるんやろ?』

「まぁ……、そう言われれば、そうとも言えるかも……？」

『自信持たんかい。向こうのオッサンなんかシバいたったらええねん』

「シバくってお前……。ゲーム脳というか、バトロワ脳すぎんだろ……」

『バトロワ脳上等』と口にする琥珀は、ゲーム画面では敵と交戦中なのか。スマホのスピーカーからは、銃声やら爆発やら騒がしい戦闘音が入り込んでくる。

『未仔ちゃんを奪い合う聖杯戦争はもう始まってるんやろ。ずっと受け身でおっても無駄死にするだけやん。男なら戦わんかい』

喧嘩っ早かったり、漢らしかったり。実に琥珀らしい言葉だと夏彦は思った。

同時にその通りだとも思った。

『戦いはな。やられたらやり返すじゃ遅いねん。敵が1ミリでも、1ドットでも見えたら引き金を引かんかい』

有言実行。スピーカーから、ズドンッ！　とけたたましい射出音が響き渡る。数秒後には、相手のアーマーやヘルメットが砕かれた音、ノックアウトを知らせるサウンド。

夏彦は想像してしまう。筋骨隆々な闘獣士に、防具もなしに、竹槍で突っ込む自分の姿を。

思わず身震いしてしまう。

けれど、今までのような『恐れ』からではない。『武者震い』だ。

勝てるかは分からない。それでも、背中から斬られるくらいなら、正面から真っ二つになるほうがずっとカッコ良い死にザマに思えた。

　未だに勝てるビジョンは思い浮かばないが、今までよりもずっと心は軽い。

「ありがとう。琥珀に相談して良かったよ」

『ん……』

　感謝されるのに慣れていない琥珀は、夏彦の真っ直ぐすぎる感謝に、ぶっきらぼうなフリをしてしまう。

　さらには、しらじらしくも大きく欠伸しつつ、

『あ〜あ。ナツがウダウダしてるせいで、今日も一人寂しくソロプレイやわ。またウチだけランク上がってまうわー』

「ゴメンゴメン。今日は無理だけど、埋め合わせは絶対するからさ。今度、未仔ちゃんや草次も入れて、ゲーム大会とかもしようよ」

『えっ。未仔ちゃんってゲームするん？』

「ううん、ほぼほぼ未経験者らしいんだけど、俺や琥珀がゲーム好きなの知ってるから、一緒にするために練習したいんだって」

『ほうほう！　いい心掛けやん！』

「だからさ。今度は未仔ちゃんと一緒に、琥珀ん家で遊ばせてくれよ」

『おっけー♪』

すっかり上機嫌な琥珀は、今では美味しそうにエナドリをゴクゴクと飲んでいく。

次のゲームマッチングが始まったらしい。

『じゃあ、そろそろ電話切るわ。次の戦いがウチを呼んでるから』

「どこの戦場の狼だよ……」

呆れる夏彦に、琥珀は電話越しにニヤニヤ。

『ナツも狼になれば一発解決かもなぁ』

「？　どういうこと？」

『未仔ちゃん襲って、既成事実作っちゃえばええんとちゃう？』

「！！！？？？　はぁあああ!?」

『向こうのオッサンも認めるしかないやん？』「コ、コイツ等……、こんなにも激しく愛し合っているのか……！」『って』

有り得ない。有り得ないことなのだが、未仔のあられもない姿を思わず想像してしまえば、夏彦は赤面必至。

「〜〜〜っ！　おおだヴぁだだあvだ！」

『ひゃははは！　そんなん冗談に決まってるやん！　ナッと未仔ちゃんがベッドでズッコンバッコン――、』

「し、死ね――――――――ッ！」

自分のベッドにスマホを叩きつけて、夏彦は通話を強制終了。

「めちゃくちゃ良いアドバイスくれたと思ったらコレだよ……！」

ここまでが琥珀のデフォ。

勝気で茶目っ気たっぷりな、夏彦の悪友である。

琥珀に、からかわれている場合ではない。

「ナツ君？」

「ひゃい!?」

ドアをノックする音、自分を呼ぶ声が夏彦を跳ね上がらせる。

深呼吸を1つし終え、ドアを開けば、不思議そうに見つめてくる未仔の姿が。

「大きな声出してどうしたの？」

「い、いや！」

罪悪感ＭＡＸ。いくら琥珀のせいとはいえ、未仔のあられもない姿を想像してしまったのは自分である。

　風呂から上がってきたばかりらしい。未仔の白かった肌はポカポカと火照り、コンディショナー香る長髪は、三つ編みお下げからストレートヘアに。控えめなメイクも一切施されていないナチュラルな素顔は、一層に夏彦の鼓動を速まらせる。

　目の充血も幾分かはマシになっていて一安心。

「さ、騒がしくてゴメンね！　知り合いの関西女が、電話でデリカシーないこと言ってきたから！　ハハハ……！」

「そう、なの？」

　キョトンとする未仔。一糸纏(まと)わぬ姿を想像されていたことなど知る由もなく。

　これ以上、愛する彼女を己の心の中で汚すわけにはいかない。

「折角(せっかく)だし、俺の部屋でお喋(しゃべ)りしようよ！」

　わざわざ自分の部屋を訪れてくれたのだからと、未仔を手厚くもてなすことに夏彦は全集中。というより、集中しなければ顔が発火してしまう。

「お喋りの気分じゃないなら、ゲームとかはどうかな？　今日のゲーム実況で観(み)たホラゲも持ってるし、マリオメーカーとかのパーティー系もあるからさ」

「あっ……、えっとね」

「最初は皆初心者だから大丈夫、大丈夫。俺がちゃんと教えるよ」

「ううん、そうじゃなくてね……？」

「？？？」

不思議に感じてしまう。首を横にフルフルする未仔は、いつになく否定的に見えたから。

何よりもだ。いじらしく内股をすり合わせる姿は、『最初からしたいことがある。けれど、口に出すのが酷(ひど)く恥ずかしい』と言っているようだった。

予感は的中する。

「未仔ちゃん？」

意を決した未仔が、夏彦の袖を小さな手で掴(つか)む。

そして、ジッと見上げつつ言うのだ。

「一緒におやすみしたい、……です」

「………。え？」

「あ、あのねっ！　ナツ君とおやすみしたいの！」

「……………。！！！？？？」

未仔の口から発せられる、まさかの爆弾発言(おねだり)に、夏彦は混乱必至(メダパニ)。

脳内には、関西女のデリカシーの欠片(かけら)もない言葉の数々が蘇(よみがえ)ってしまう。

狼になれば一発解決かもなぁ。

既成事実作っちゃえばええんとちゃう？

ズッコンバッコン。

「〰〰〰〰〰っ！　俺のアホォ！」

「ナ、ナツ君⁉」

これ以上の妄想は極刑に値すると、夏彦シャウト。

ウチの未仔ちゃんに限って、やらしいお誘いじゃないことくらい分かっている。純粋に一緒に寝たいだけなのを理解してはいるのだが、想像してしまうのは男子高校生の性（さが）、宿命。

「お、おおおおおやすみ⁉　未仔ちゃんと俺が⁉」

「……ダメ？」

「ダ、ダメじゃないダメじゃない！　というか！　未仔ちゃんがダメじゃないの？」

「ダメだったら、ナツ君にお願いしないよ？」

ごもっともな意見に、夏彦は言葉を詰まらせてしまう。

とはいえ、言葉を詰まらせている時間さえ惜しい。今の時間にも、未仔は恥ずかし気に俯(うつむ)いてしまっている。

ひょっこりと隣部屋から顔を出す新那なぞ、「モタモタするな」とでも言いたげ。右拳を小さく突き上げてGOサインを出し続けている。

とにもかくにも、彼女にこれ以上恥をかかせるわけにはいかない。

「そ、それじゃあ、一緒に寝る……？」

夏彦の意を決した発言に、未仔の顔が上がる。

表情は勿論(もちろん)、不安から喜びへ。

「うん♪」

※　※　※

時刻は23時手前。

薄暗い自室、寝床に入った夏彦だが、一向に目を閉じることができない。反発し合う磁石のように、まぶたが目を瞑(つぶ)ることを拒んでいる。

最も落ち着く自室にいるはずなのに、慣れ親しんだベッドや枕を使っているはずなのに。にも拘(かか)わらず、眠眠打破なのは何故(なぜ)だろうか。

普段より1時間以上も早く寝ようとしているから？

少し前に飲んだコーラのカフェインのせい？

非力ながら腕立て伏せを頑張ったから？

どれも否。

「えへへ……♪　あったかいね？」

「う、うん……！」

目の前に未仔がいるから。

1つ屋根の下、同じベッドや毛布を共有して一緒に眠ろうとしている。

人懐っこい未仔は、今までも寄り添ってきたり、甘えてくることが多かった。故に、多少の免疫が自分にはできていると夏彦は思っていた。

しかし、それがただの過信だったのは明白。

それくらい、未仔を腕枕する行為が至高過ぎる。

「〜〜〜っ……！」

夏彦の腕を圧迫しないためか。未仔は腕の付け根を枕に、胸板に寄りかかって夏彦へと高密着。

超至近距離、未仔の小さな吐息さえ聞こえてきてしまう。柔肌やたわわな胸の感触がいつも以上に伝わって来てしまう。

硬直する夏彦とは対照的に、未仔はやりたい放題。

「ナツ君の匂い、好きー♪」

未仔猫、ゴロニャン。

夏彦の胸元に頬(ほお)をスリスリとこすり付けたり、鼻を押し付けたり。未仔猫の目まぐるしいマーキング攻撃。

夏彦の感想。

君の匂いのほうが超好きなんですけど。

止めどなく押し寄せる幸せは、狼化する余裕さえ与えないのは幸か不幸か。

夏彦同様、少しずつ落ち着きを取り戻したからだろうか。

「ナツ君、いきなり押しかけてゴメンね」

「いいよいいよ。未仔ちゃんなら何時(いつ)でも大歓迎だからさ」

「うん……、ありがとう」

未仔にとって、心安らぐ言葉に違いない。

けれど、声音はどこか控えめに聞こえ、弱々しさすら感じさせた。

違和感を覚えた直後だった。

「未仔ちゃん？」

未仔が、ぎゅっ……と夏彦を抱きしめる。

「私、お父さんが何を言ってきても、ナツ君のことが大好きだから」

「……！」

理解してしまう。

未仔は、落ち着きを取り戻したわけでも、はしゃいでいたわけでもない。

不安や怖さを必死に隠そうとしていただけなのだと。

室内をぼんやり照らすライトの光は、未仔のマイナスな感情を浮き彫りにするには十分すぎる。それくらい夏彦を抱きしめる未仔の表情は、切なさや辛(つら)さを帯びている。

『私の居場所は、もうナツ君しかいない』

そう言われていると錯覚してしまうくらい。

そんなわけは絶対有り得ないのに。

少し前までの夏彦なら、どうすれば良いか分からず、悲観的な気持ちで一杯になっていただろう。自分が未仔の居場所を狭めていると自責の念に苛(さいな)まれていただろう。

けれど、今は違う。

「！　ナツ、君……？」

未仔に抱きしめられるのではなく、未仔を抱きしめる。

優しく、包み込むように。

「大丈夫。俺が未仔ちゃんを守るから」

「っ！」

何をすれば未仔を救えるのか。明確な答えは未だに思い浮かばない。

しかし、答えがなくとも覚悟がある。

「……本当？」

「約束するよ。絶対に守ってみせる」

夏彦の力強い言葉、優しい抱擁に、未仔の涙腺は緩んでしまう。

緩んでしまえば、夏彦の腰に手を回さずにはいられない。

「うんっ……。ナツ君、私を守ってね」

静寂に包まれる寝室、互いの鼓動が聞こえそうなくらい、身体と身体が1つになるくらい甘く抱きしめ合う。

濃密で幸せな時間をこれからもずっと続けていきたい、未仔と一緒に歩み続けていきたい。夏彦はそう願わずにはいられない。

それは未仔も同じことで、「えへへ……♪」と、いつものはにかみ笑顔に戻っていく。

「安心したら、眠たくなってきちゃった」

「俺も。実はさ、今日のデートが楽しみすぎて昨日全然眠れなかったんだよ」

「一緒だね」とクスクス笑う未仔ともっとお喋りがしたい。

デートの振り返りだってしたいし、何なら、おやすみのキスだってしたい。

けれど、未仔のウトウト加減が限界に達しているのは分かっている。今はゆっくり休ませてあげたい。

「おやすみ、未仔ちゃん」

「うん……。おやすみ、ナツ君」

ゆっくりと瞳を閉じたのを確認した後、夏彦はライトを消す。さらには、真っ暗でも俺がいるからと、未仔の頭をゆっくり撫で続ける。

大好きな彼女の温もりを感じつつ、このまま寝ることもできた。それでも、夏彦は目を瞑ろうとしない。

今の幸せ、これからの幸せを思い描きつつ、静かに闘志を燃やし続ける。

明日の決戦に備えて。

※　※　※

目覚ましアラームなど必要ない。

うっすらと漏れる日の光、スズメたちのさえずりが耳に入れば、夏彦は物音立てず、そっと立ち上がる。

未仔は余程疲れていたのか、安心したのか。今も尚(なお)、穏やかな表情で眠り続けている。

ベッドで寝息を立てる姿は、まるで眠り姫。

眠り姫とはいえ、おはようのキスや目覚めのキスを絶対にしてはならない。

ウチのお姫様には、もうしばらく休んでいてもらわないと困るから。

「……よし」

「いってくるね」

囁(ささや)くような声で未仔へと微笑みかけ、夏彦は身支度を整え始める。


日曜の早朝だけに、すれ違う人といえば、犬と散歩する人やジョギングする人くらい。

制服に身を包んだ夏彦は、目的地目指して歩き続けていた。

当然、学校へ行くから制服というわけではない。

いわば正装。スーツ代わり、自分の真剣さが最も伝わる勝負服といったところか。

目的地へと辿(たど)り着き、夏彦は足を止める。

目的地は勿論、未仔の家。

昨日、デート中に訪れたときは、憧れの家デートができるのだと胸が高鳴った。

命からがら家を去ったときは、消滅させられてしまうと心臓が悲鳴を上げた。

緊張の種類は大きく異なるが、今だって心臓は激しく脈打っている。

扉前。シャツの襟やネクタイを正し終え、深呼吸を1つ2つ。

朝っぱらから非常識なのは重々承知。

意を決してチャイムを押す。

しばらくすると、「はーい」という女性の声と同時に扉が開く。

「！」

言葉を忘れるほどに夏彦は驚いてしまう。

目の前にいる女性が未仔とそっくりだったから。

未仔母である。

大人版未仔、という表現が適切だろうか。会ったのが久々と感じさせないくらい若々しく、美魔女というよりも、美魔女っ子？

小柄で童顔にも拘(かかわ)らず、しっかり出るとこは出ている。遺伝である。

不意打ち攻撃に泡を食う夏彦だが、未仔母は対照的に溢(あふ)れんばかりの笑顔。

「あっ♪　もしかして、夏彦君？　絶対夏彦君でしょ！」

「お、お久しぶりです！　朝早くに、すいませ――、」

「やっぱり夏彦君だ～♪」

「⁉　おおおお母さま⁉」

未仔母、夏彦の両手を握り締め、「来てくれたんだー♪」と大はしゃぎ。

さらには、肩や胸をペタペタしたり、顔をまじまじ眺めたり。

「夏彦君もすっかりお兄さんになってるね～。優しそうな顔は全然変わってないけど」

「ど、どもです。そんなこと言ったら、未仔ちゃんのお母さんもお綺麗(きれい)なままですよ」

「ふふっ……！　大人な対応もできるようになってる」

唇に指を押し当てて笑う姿は、やはり未仔と似ているし、ナチュラルに人を和ませる力を有している。

「いきなり娘が押しかけちゃってゴメンね。ビックリしたでしょ？」

「いえいえ！　ビックリはしましたけど、事情も分かってますので……」

親子喧嘩(げんか)のきっかけが自分だと知っているだけに、律義に頭を下げる未仔母に申し訳なさすら感じてしまう。

申し訳なさを感じると同時、１つの疑問が湧き起こる。

そういえば、未仔ちゃんのお母さんは、俺に敵対意識は持っていないのかな？

という疑問。

「大丈夫、大丈夫。私は未仔と夏彦君の味方だから」

「えっ⁉」

未仔母、読心術発動。

「な、何で俺の考えてたこと分かったんですか？」

「ふふっ♪　そんな心配そうな顔されたら、一発で分かっちゃうでしょ」

「お恥ずかしい……！」

読心術ではなく、夏彦が顔に出し過ぎただけ。

恥ずかしがるのはまだ早いと、未仔母の追い打ち。

「仮に、『未仔ちゃんと昨晩はお楽しみでした』ってカミングアウトされても、私は怒らないよ？」

「おおおおおお楽しみぃ⁉」

今、夏彦の顔面が熱い。

昨晩のお楽しみ＝チョメチョメ＝エッチいこと＝セックスオンザビーチ
様々なＮＧワードが、夏彦の脳内をオーバードライブ。

赤面する夏彦が面白くて堪らないのか、可愛くて仕方ないのか。

「あれれ～～？　もしかして、仮にじゃなくて、本当に未仔と楽しんじゃったのかな？」

「!?　たたたったたったた楽しんでませんから！　疲れてる彼女に手を出すほど、ド畜生じゃありませんから！」

「成程ね～。彼女が元気だったら、夏彦君も元気になっちゃうんだね～」

「～～～っ！」

「あははっ！　夏彦君面白～～い♪」

天使な未仔が稀に見せる小悪魔ぶりは、親譲りのようである。

未仔母は目尻を拭いつつ、両手を合わせる。

「からかってゴメンね？　お父さんが、どうしても聞きたいことだろうと思ったから」

「はぁ……。まぁ、お父さんの立場からしたら気になってしまうかもしれませんが……」

「でしょ？」と同意の視線を向けられ、夏彦としては渋々頷くことしかできない。

夏彦としては。

「そういうことだから。良かったわね、お父さん」

「え……？」

未仔母が微笑む視線の先、すなわち、自分の背後へと夏彦は恐る恐る振り返る。

「やぁ、夏彦君。昨日ぶりだね……？」

「うぉうっ⁉」

「早朝だし家にいるだろう」と高を括っていただけに、思わず声も出てしまう。それくらいキン肉マンが背後に立っているのは心臓に悪い。

ラスボスこと、未仔父降臨。

ランニング帰りらしい。鋼の肉体からは湯気が立ち上り、その姿はバトルオーラを纏う戦士の如し。益荒男。

「お、おはようございます……」

「おはよう。また会えて嬉しいよ」

「殺したいからですか……？」と口にしたら実現しそうなだけに言えず。

未仔父が夏彦へと半歩距離を詰めると、眉間を皺寄せ、ジットリした眼差しで問う。

「本当にしてないんだろうな……？」

「は、はい？」

「未仔とは、してないんだろうな？」

琥珀の言葉を借りるとすれば、本当に未仔とはズッコンバッコンしてへんの？

断じてズッコンバッコンしていない。けれど、健全ではあるが一緒に寝た事実はあるだけに、夏彦は言葉を詰まらせてしまう。

詰まらせ続けたら地獄突きをくらう可能性大。夏彦は勢いよく首を横に振り続ける。

「しししてませんから！」

その慌てっぷりが益々怪しいと睨み続ける未仔父。

「別にしててもいいんじゃない。恋人同士なんだから」

「はえっ⁉」「母さん⁉」

未仔母の助け船は、笹船ではなく宇宙戦艦級。

夏彦だけでなく、さすがの未仔父も大慌て。

「未仔は高校生になったばかりだろ！　いくらなんでも早すぎる！」

「そんなこと言ってもねえ。いくらお父さんが反対しても、未仔と夏彦君の夜は返って来ないわけだし。だよね、夏彦君？」

「いやいやいや！　さっきも言ったじゃないですか！　俺と未仔ちゃんは昨晩そのような行為はしていません！　事実無根です！」

「え〜、でも昨晩以外には経験して――、」

「ま、まだ僕たちは未経験です！」

「まだ⁉　貴様ぁ！　まだってなんだ⁉」

「〜〜〜っ!!!　地獄すぎるっ……!!!」「あはははははは♪」

猛る未仔父、悶える夏彦、吹き出す未仔母。

※　※　※

三つ巴の戦いが今始まる。

ということはなく、

「夏彦くーん、ほうれん草のお浸し食べれるー？」

「あっ！　食べれます！」

「おっけー♪」

未仔母の明るく弾んだ声がキッチンから届くと、引き続き小気味よい包丁音や、味噌汁の匂いなどが夏彦の食欲を刺激する。

地獄のやり取り後、未仔宅へと招待された夏彦は、リビングにあるテーブルに腰掛けていた。

決して朝食待ちというわけではなく、未仔父との話し合いをするために。

今は未仔父のシャワー待ち。いわば心を整理する時間といったところか。テーブル中央の花瓶に入った黄色い花々は、眺めているだけで夏彦の緊張を緩和してくれる。

「その花、綺麗だろう？」

ついには、シャワーを浴び終えた未仔父がリビングへと入って来る。

「オトギリソウといってね。小さい花なんだけど、1本1本の雄しべがとても長いから、力強い印象を与えてくれるんだ」

職業はボディビルダーではなく、本当に花屋らしい。夏彦前の席に腰掛けた未仔父は、手に持った霧吹きで丁寧に花たちへと水やりしていく。

分かり合うことは難しいかもと思っていた夏彦だが、素直に頷(うなず)いてしまう。未仔父の言うとおり、オトギリソウなる花は力強く、同時に美しいと感じてしまったから。まるで夜空に咲き乱れる、幾つもの打ち上げ花火を見ているようだ。

「花言葉も良くてね」

「へー……。どんな花言葉なんですか？」

「敵意、恨み」

「ぶっ……！」

前言撤回。分かり合うこと最難関。

「フッ……、冗談だ」

一体全体、何が冗談なのか分からない嗜虐(しぎゃく)性たっぷりな未仔父の笑み。

とはいえ、敵意だけでなく感謝する心も持ち合わせている。

未仔父はテーブルに両手のひらを載せると大きく頭を下げる。

「昨日は未仔を家に泊めてくれてありがとう」

「い、いえ!」

「ご家族の皆さんにも、とても迷惑を掛けてしまった。未仔を迎えに行く際には、改めて君のご両親や妹さんにもご挨拶させてもらうよ」

誠心誠意謝罪する未仔父からは、娘を大切に想(おも)っていることが伝わってくる。

大切に想っているからこそ、

「夏彦君。君が単身、我が家にやってきた理由を教えてもらってもいいかな?」

「……っ!」

ソレはソレ、コレはコレ。まどろっこしい話はナシだと、単刀直入な問い。

上腕二頭筋へと力を溜(た)め込む未仔父は威圧感たっぷり。

「わざわざ制服などとかしこまって、結婚の挨拶でもしにきたのかい……?」

ライオンだったら毛並みが逆立っていたし、霊圧があるのなら床にひれ伏してしまう。

「結婚の挨拶をしにきたと言ってみろ。別れの挨拶をくれてやる」というメッセージがひしひしと伝わって来る。

視線が突き刺されば突き刺さるほど、手汗は止まらなくなるし、呼吸の仕方だって忘れてしまいそうになる。

何よりも目を逸らしたい。俯いてしまいたい。ひたすら怖い。

しかし、

「お、俺は……」

夏彦は目を逸らさない。俯かない。逃げ出そうとは決して思わない。

守ると約束したから。

大好きで大切な彼女を。

「俺は未仔ちゃんとずっと一緒にいたいです！」

「ずっと、だと……？」

「ずっとです！　それだけを伝えにきました！」

プロポーズとも取れる発言なだけに、いつ上半身を消し飛ばされてもおかしくない。

未仔父とて、自我があるうちは、力での解決は極力避けたい。滾る気持ちと筋肉を静めようと深呼吸。平常心をかろうじて保っている。

「君と娘は昔からの知り合いのようだが、交際期間はそこまで長くないだろ。何故そこまでの決意を固められる？　一時の感情――、」

「一時の感情なんかじゃありません」

最後まで言わせる必要がないと、夏彦は即否定する。

未仔との思い出を振り返れば、怖さより勇気が身体を満たしていく。

「告白されたときは本当にビックリしました。俺は未仔ちゃんのことを、妹の友達という認識で今まで見ていましたから」

声の震えは治まっていき、下がっていた口角も少しずつ上がっていく。

「失礼な話、ドッキリとさえ思っていました。交際どころか、浮いた話さえ生まれてこの方無かったので。こんな可愛い子が告白なんて有り得ないだろうって」

「……」

「ですが、直ぐにドッキリなんかじゃないって気付けました」

「……何故だ？」

「こんな優しい子が、誰かを傷付ける嘘なんか絶対つかないなって」

「っ！」

抽象的で確信を得るには根拠が乏しすぎるかもしれない。

それでも未仔父は否定しない。信じざるを得ない。

知っているのだ。夏彦と同じくらい、それ以上に未仔が優しい子だということを。

「誰よりも優しい未仔ちゃんが、俺のことを誰よりも優しいって言ってくれるんです。特別な存在って言ってくれるんです。そんなの好きになるに決まってるじゃないですか、守ってあげたいって思うに決まってるじゃないですか」

優しいだけでは未仔を守れない。

守るためには、果てしなく高い壁を乗り越えないといけない。燃え盛る大地や、荒れ狂う海も渡らないといけない。

そして、屈強で威圧的な父親にも挑まないといけない。

夏彦は声を張り上げる。

「以上！　俺が未仔ちゃんと一緒にいたい理由です！　決して、一時の感情なんかじゃありません！」

伝えたいことを全て言い終え、夏彦は呼吸を乱してしまう。肩が上下して汗も滲み出る。

思いの丈、未仔への愛情を目一杯ぶつけることができた。

どれくらい経過しただろうか。たかだか数秒なのだが、永遠とさえ感じてしまう。

しん、とした空間。

未仔父が深く、重々しく息を吐く。

「好きにしろ」

「！　そ、それって……！」

「とは言わん」

「え」

安堵できると思いきやの右フックに、夏彦間抜け面。

間抜け面を見たからか。

「……ククッ！　ワハハハハハハ！」

未仔父大爆笑。

殺意に満ち溢れていた表情が嘘のよう。屈強な男に相応しい、晴れやかで豪快な笑顔で笑い続けるではないか。

夏彦としては理解不能で、

「えっと、その……、未仔ちゃんのお父さん……？」

「当たり前だ！　まだまだ半人前の君に、娘をやるなんて言えるわけないだろ！」

「そうですよね……」

「けど、覚悟だけは伝わった」

「！」

「しばらくは、君と娘の関係を見守らせてもらうよ」

「………………。⁉　そ、それって！　俺と未仔ちゃんの交際を認めてくれるってことですか⁉」

「認めてほしくなかったら、言葉を撤回してやってもいいぞ」

「と、とんでもない！　お言葉、ありがたく頂戴させていただきます！」

夏彦が大慌てで深々と頭を下げれば、わざとらしく未仔父が鼻を鳴らす。

ツンデレを見せる父親とは対照的。

「おめでとー、夏彦君♪」

ずっと様子を窺っていたのだろう。キッチンにいたはずの未仔母が、ニッコリ笑顔で2人のいるリビングへ。

「お父さんね、夏彦君と未仔の交際を反対してたわけじゃないのよ？」

「えっ。そう、だったんですか？」

「そうそう。ね、お父さん？」

「母さん、余計なことを……」

妻のキラーパスを受け取ってしまった未仔父は、仕方なしにと夏彦へと打ち明ける。

「心配だったんだ」

「心配、ですか……？」

「ああ。君が未仔に相応しい男かどうか」

未仔父は続ける。

「夏彦君の言うとおり、未仔は優しい子だ。けど、自己主張が苦手でもあるんだ。親の立場から見ても、損な役回りを押し付けられることが多いと感じるくらい」

彼氏の立場からしても、未仔の性格に当てはまっていると夏彦は思った。

同時に、自分自身のことを指摘されているような気もしてしまう。

「そんな気弱な娘が、ある日言うんだ。『好きな人の通う学校に入学したい』と」

「俺、ですね……」

「そう、君だ」と睨(にら)まれてしまえば、夏彦は苦笑いしていいのかすら分からない。

「親からすれば、当然心配になるだろ。『もしや、悪い男に唆されてるんじゃないか？』と疑いたくもなる」

「それで、必要以上に俺を威嚇――、警戒してたんですね」

「そういうことだな」

過保護というか、親馬鹿というか。

とはいえ、夏彦には未仔父の気持ちが痛いほどに分かる。

必要以上に守りたくなってしまうほどに、未仔は健気(けなげ)で純情だから。反対されると分かっていても嘘をつかず、真っ直(ま)ぐ(す)に理由を述べるような優しい子だから。

「高校生活が一度しかないことは分かっている。けど、人生だって一度しかないんだ」

重みのある言葉に、思わず夏彦は生唾を飲み込んでしまう。

未仔の一度しかない貴重な人生を、既に背負っていることを思い知らされる。

「夏彦君。今の話を踏まえて、改めて君の気持ちを教えてくれないか」

「！」

未仔父の真剣な面持ちに、夏彦の鼓動が再び高鳴り始める。

子供であったり、青二才を見る目ではない。未仔父は夏彦のことを『一人の男』として見つめている。

力強い瞳が言っている。お前は本当に未仔を幸せにできるのか、と。

確証などないのだから、無責任なのかもしれない。

それでも、

「俺の気持ちは揺るぎません。俺は未仔ちゃんとずっと一緒にいたいです」

未仔を幸せにしてあげたい、幸せにしてみせるという気持ちで満ち溢(あふ)れている。

「……そうか」

一点の曇りなき、力強い答えに、未仔父も納得したのだろう。

だからこそ、優しい言葉で語り掛けてくれる。

「良かったな未仔。夏彦君の本心が聞けて」

夏彦ではなく、その背後にいる未仔に。

「えっ、未仔ちゃん――、」

「ナツ君っ……！」

駆け寄って来た未仔が、力いっぱい夏彦を抱きしめる。

夏彦大混乱。ぐっすり寝ていたはずなのにとか、居場所がバレるの早すぎとか、やっぱり未仔ちゃんが可愛くて仕方ない、とか。

おおよその疑問は、とある人物によって解決される。

その人物は未仔母。

ニッコリ笑顔な未仔母が、「娘が駆けつけた理由はコレです」と言わんばかり。スマホをゆらゆら揺らして、夏彦へとアピール。

要するに、しれっと夏彦宅に連絡してくれていたのだ。

未仔は、一部始終を聞いていたらしい。

だからこそ、

「私も、ナツ君とずっと一緒にいたい」

「！　……うん」

全てが一瞬で報われてしまう。それくらい未仔の想いが込められた言葉は、何物にも代えられない宝物になってしまう。

悲しさではなく、嬉しさで瞳を滲ませる未仔の涙を、夏彦が優しく指でそっと拭う。甘えん坊な彼女は、もっと甘えようと片方の涙も彼氏へと差し出す。

最後に頭を撫でれば、人懐っこいというより、夏彦懐っこい笑みを浮かべて、より一層ぴっとりと寄り添う。

ただ寄り添うだけじゃなく、父親をしっかりと見つめる。

「お父さん。苦労や心配ばかり掛けてごめんなさい」

「……全くだ」

「あのね？　私、お父さんがイジワルで色々言ってきたり、心から反対してたわけじゃないのも分かってたから」

目を見開く未仔父は、頑固な親父を演じられていたと思っていたのだろう。

「本当に反対してたら、ナツ君と同じ高校になんて行かせてくれなかったもん」

愛娘は全てをお見通し。

お見通しだからこそ、依然ぶっきらぼうなフリをする父親に、飛び切りの笑顔で言うのだ。

「私のことを信じてくれて、ありがとう」

「……。ああ」

夏彦は察する。未仔ちゃんのお父さんもまた、俺と同じく全てが報われた瞬間なのだと。

報われているからこそ、涙腺が緩んでしまっている。

ニッコリ笑顔の未仔母は、事件の収束を象徴するには打ってつけ。

「ふふっ♪　これからは、お父さんじゃなくて、夏彦君がしっかり守ってくれるから大丈夫そうね」

「！　は、はいっ！　しっかり未仔ちゃんを守らせていただきます！」

「……言っとくが夏彦君。俺は認めたわけじゃないからな……？」

「ひっ！」

いつまでも感傷に浸っている場合ではないと般若復活。

鬼神の形相を浴びせれば、夏彦を一捻りというか一千切り。

彼氏は紙耐久。

けれど、

「いいもん。お父さんが参ったって言うくらい、もっとナツ君とイチャイチャするから」

「み、未仔ちゃん⁉」

彼女は神耐久。

爆弾発言、宣戦布告どおり。未仔猫が気持ち良さげに夏彦の二の腕へ頬（ほお）っぺたスリスリ。

愛娘のゴロニャンを目の当たりにしてしまえば、阿修羅（あしゅら）解禁。未仔父の筋肉がボッコリ。

矛先が夏彦なのは言うまでもない。

「フハハ……！　来年や再来年も同じことが言えるか楽しみだなぁ……！」

「何年経（た）っても愛を誓えるもん。ねー？　ナツ君っ♪」

「も、勿論（もちろん）！　10年、20年、お爺（じい）ちゃんお婆（ばあ）ちゃんになっても誓えるよ！　……けど、未仔ちゃん？　これ以上、お父さんを挑発するのはちょっと……」

「ほう？　やはり、君は俺を挑発してる気でいたのか……！」

「あわわわわ……！」

もはや、どんな行動や発言も死亡ルート確定。

どうせ死ぬなら、戦って死のう的な？

腰掛けたままの夏彦へと、未仔が耳打ちする。

「ナツ君、もっと挑発しちゃおっか」

「へ？」

理解不能の夏彦だが、未仔に誘導されるがまま椅子から立ち上がる。

立ち上がってしまえば、夏彦は未仔の狙いが理解できてしまう。
「も、もしかして未仔ちゃん……！」「お、お前ら、まさか……！」
理解できた理由は単純明快。
「いつでもいいから。ね？」
軽く両手を広げ、愛する夏彦を迎え入れる準備を未仔が完成させていたから。
夏彦、焦点は自ずと、未仔の桜色な唇へとロックオン。
混乱必至。脳内で自問自答サミット開催。
いやいやいや！　確かに、おやすみとおはようのキスは我慢したけども！
にしたって、公衆の面前どころか、親御さんの目の前でキス？
ＫＩＳＳ？　ｏｒ　ＤＥＡＤ？
そもそも、キスしようとした瞬間、俺の唇、引きちぎられるんじゃね？
要するに、ご臨終……？
などなど。
僅か数秒で、悲惨な結末が思いつくわ、思いつくわ。

というわけで、夏彦が未仔とキスするという選択は、冷静に考えて有り得ない。

冷静に考えれば。

「〰〰〰っ！　未仔ちゃんっ！　大好きだぁぁぁぁ！」

清水寺の舞台から飛び降りるかの如く。

男夏彦、未仔を抱き寄せると同時、唇同士を重ね合わせてしまう。

彼女の勇気に応えたい。

何より、彼女の可愛さには抗えない。

冷静な判断などクソくらえ。

力強い抱擁だから？　唐突すぎたから？　いつになく激しいスキンシップだから？

未仔の愛嬌ある真ん丸な瞳が、さらに大きなものに。

しかし、驚いただけ。拒む理由などないと抱擁を受け入れる。もっと唇が触れやすいように背伸びして、愛と覚悟を共有する。夏彦に全てを委ねる。

未仔もまた、彼氏の勇気に応えたいし、好きという気持ちには抗えない。

未仔父の言葉にならない声、未仔母の「あらあら♪」と弾む声をＢＧＭに、２人は唇をゆっくりと離していく。唇が離れても見つめ合ってしまう。

やはり未仔は嬉しそうに、蕩けるように顔を綻ばせる。

「えへへ……♪　またキスしちゃったね……♪」

「う、うん……！　キスしちゃいました……！」

「でもね？」

「？？？　でも？」

「これくらいしないと、頑固なお父さんは倒せないよ」

「え？　それってどういう――、」

両手を握られた直後の出来事だった。

「えいっ」

「！！！！？？？？？　みみみみみみみみみ未仔ちゃん⁉」

夏彦史上、最大の驚愕。

それもそのはず。夏彦の手が行き着く先は、未仔のおっぱいだったから。

俗に言う、パイタッチ。

「〰〰〰〰〰〰っっっ!!!」

パイタッチングな状況に、夏彦エキサイティング。

大混乱している間にも、未仔の形良い胸が自分の手に収まり続ける。実際のところは収まりきっていない。それくらい、たわわでボリューミー。

反射的に手を離そうとしてしまう。しかし、未仔がそれを許さない。

「離しちゃダメ」と、夏彦の両手を小さな手で自分の胸ごと押さえ続ける。押さえ続ければ押さえ続けるほど、夏彦の両手が幸福に一層に沈み込んでいく。

おっぱいのことしか思い浮かばなくなってしまったからか。

とある一言が、夏彦の脳内で自動再生される。


『ナツ君にだったら、おっぱい揉まれても、へっちゃらだもん！』


昨日、未仔が父親に宣言したキラーワード。

夏彦はハッ、とする。

ようやく気付いてしまう。未仔の考えていた挑発は、キスではないことに。

おっぱいをモミモミすることなのだと。

「ナ、ナ、ナナッ、ナ、ナツ、ナツナッツナツ、ヒコォォオォォオオォォ……！」

「お、お父さま⁉」

幻と思いたい光景なのだろう。夏彦以上に未仔父が壊れていた。

とはいえ、完全には壊れていないらしい。

「コ、コ、ココッ、コ、コロ、コロコッロコロ、コロォォオォォオォス……！」

「あわわわわわ……！」

意思を持たぬ脳筋、ここにありけり。

もはやゾンビ。力無くゆらりと立ち上がると、1歩、2歩、とゆっくり迫ってくる。

夏彦を亡き者にするために。

パイタッチしている場合ではないと、夏彦は後ずさろうとする。

しかし、

「に、逃げない……！」

夏彦の足が既（すんで）のところで踏み止（とど）まる。

前日、未仔に守ってもらい、命からがら逃げた出来事と重なってしまったから。

守ると誓った彼女を置いて撤退なんて有り得ない。不退転の覚悟でさらに足へと力を込める。

逃げないのなら、どうすれば未仔父を倒せる？

そんなことは分かり切っている。方法は1つしかない。

未仔も理解できている。だからこそ、大丈夫だよと優しく微笑（ほほえ）んでくれる。

一刻を争う。躊躇（ちゅうちょ）する時間が惜しい。

男もとい、漢夏彦、ありったけの想いを叫ぶ。

「おっぱい揉みま――――〜〜〜す!!!」


叫びと共に、揉む。揉む。揉む。

触れていただけのおっぱいを、自分の意志でモミモミと。

「っっっ！」「……んっ」

宇宙の真理を垣間見たような。

1回、2回と指を動かせば、びくんっ、びくんっ、と呼応するかのように未仔の身体が僅かに悶える。吐息が漏れる。

手指に軽く力を入れただけなのに、未仔の柔らかく保水力たっぷりな乳が吸い付いてくる。指からは溢れんばかりに、おっぱいが零れようとしてくる。主張してくる。

今までだって、未仔乳の感触や温かさを経験していた。けれど、自分から意識的に触るのは初めてで、手のひらの過敏な神経で触る乳房は、今までとは比にならない。

いつも以上に幸せなのは、手のひらで堪能しているからだけではない。

手のひらの過敏な神経たちが、夏彦の脳へとメッセージを送っている。

『今、未仔ちゃんノーブラでっせ』と。

そう。夏彦宅にお泊りした故、急いで家を飛び出してきた故、未仔はノーブラ。

Tシャツ1枚、薄い布1枚ごしのおっぱいモミモミはチート。禁忌。

桃源郷に生る仙果、モモを扱うように、繊細かつ丁寧に揉めば揉むほど、夏彦の血圧もグングン上昇していってしまう。

羞恥を必死に堪えつつ、「もっと強めても大丈夫だよ……？」と潤んだ瞳で語り掛けてくる未仔が可愛くて仕方ない。

何百どころか、何千、何万回でもモミモミしたい。

けれど、これ以上は未仔の身体が持たないし、自分の下半身も持たない。

未仔乳ではなく、未仔父も。

「み、み、み！　みみみこの………、おおおおおっっっ……！　おぱぁ……！」

「お、お父さん⁉」「あらあら♪」

未仔父、今世紀最大のショッキング映像に、見事なまでにひっくり返って卒倒。

すなわち、完膚なきまでに未仔父大破。

夏彦と未仔が、ラスボスに勝った瞬間である。

勝因は愛の力。

というより、おっぱいの力なのかもしれないが。

エピローグ：大切なものを掴んだ翌日

幸か不幸か。ひっくり返った未仔父が目覚めて以降、娘のおっぱいが揉みしだかれた件には一切触れてこないんだとか。

記憶が無くなったのか、思い出したくないのかは分からない。分からないが、未仔と母の間では、そっとしてあげようという結論に落ち着いたようだ。

それが慌ただしくも一生の思い出となった日の話。

翌日の朝。

夏彦はベッドで爆睡を決め込んでいた。前々日からロクに寝ていなかっただけに、圧倒的睡眠不足。

とはいえ、本日は月曜日。今週も学校が始まってしまう。

ラスボスを倒したところでエンドロールは流れないし、ハッピーエンドでは終われない。

それでも、悲観することなど何一つない。

ハッピーは続くのだから。

「ナツ君っ」

「……ん」

「起きてっ、起きてっ」

「……んん？」

「遅刻しちゃうから。ね？」

愛嬌たっぷりな声に誘(いざな)われるまま。寝ぼけ眼を開けば、普段は見えるはずの天井が見えない。その代わり、視界いっぱいに映るのは——、

「………。あれぇ!? 未仔ちゃん!?」

「おはよー♪」

「お、おはよう！」

お天気お姉さん顔負け。ニッコリ笑顔な未仔が目の前に。

起床間もなくの幸せイベントに、「もしかして、夢……？」とさえ思えてしまう。

けれど、制服姿の少女は、どこからどう見ても大切な彼女。

「ナツ君と一緒に登校したくて、来ちゃいました」

「えっ！ 事前に言ってくれたら、俺が迎えに行ってたのに！」

「でしょ？ だから内緒にしてたの」

「やられた……。そして、健気で可愛い……！」

癒される夏彦も何のその。「ドッキリ大成功ー♪」と、未仔が夏彦へとダイビングハグ。

豪快な行動にも拘らずノーダメージなのは、ポヨンとたわわな胸エアバッグのおかげ。

ダメージどころか、ヒール性能まで兼ね備えているのだから素晴らしい。

朝からイチャイチャ。

「未仔ちゃん。そんなにギュッてしちゃったら、制服シワになっちゃうよ？」

「早起きしてないナツ君が悪いんだもんっ。うりうり～♪　早く起きないとずっと抱き着いちゃうぞ～！」

「何のこれしき！　未仔ちゃんが抱き着いてくれる限り、俺は一生動かないっ！」

「え～～。それじゃあ、お仕置きにならないよ～～」

傍から見れば、「２人とも一生動かなければいいのに」という意見で満場一致。

しかし、外野が何を言おうとも、２人は愛し合い続けるだろう。

その証拠に、甘えたな彼女は、彼氏の唇へとキスをする。

チュッ、と不意打ちなご褒美キスに、夏彦は驚いたり、顔を赤らめたり。

夏彦のためなら、いくらでも未仔は大胆になれる。いくらでも尽くすことができる。

「えへへ……♪　朝から元気貰っちゃいました♪」

「〰〰〰っ！　未仔ちゃんが可愛すぎて幸せすぎるっ……！」

夏彦は改めて思う。

平々凡々な自分でも構わない。

おでんのハンペンだろうが、色鉛筆の白だろうが構わない。

たった一人、自分を必要としてくれる人がいるのならと。

未仔という存在がいるだけで、自分の世界はどうしようもなく幸せになってしまうのだから。

「夏兄とミィちゃーん。早くしないと遅刻しちゃうよー」

階段下から新那の声が聞こえてくれば、今から学校があることを夏彦と未仔はようやく思い出す。

さすがに、このままベッドで一生を終える気はないようで、

「未仔ちゃん、行こっか」

「うんっ♪」

2人は仲睦まじく立ち上がる。手と手は勿論、恋人繋ぎで。

2人の一日が始まる。

これからもずっと。

あとがき

初めましての方は初めまして、お久しぶりの方はお久しぶりです。凪木エコです。

この度は勇気を持って、今作品を手に取っていただき、誠にあざます！

『おっぱい揉(も)みたい』って叫んだら、妹の友達と付き合うことになりました。

さぞ、レジに持っていくとき店員さんの目が気になったでしょう。電車や学校で読むときはヒヤヒヤしたでしょう。

恐ろしくエロいタイトル、オレだったらアマゾンでポチっちゃうね。

ご存知(ぞんじ)の方は、ご存知だと思うのですが、今作品はWEB小説で投稿していたものが原形です。

別レーベルで書いていたシリーズが一段落着いたタイミングで、「おっぱい揉みたいな。そういう小説書きたいな」という、崇高な理念から書き始めました。男の浪漫(ろまん)。

「WEB小説でバズるのなんて、ひと握りの人たちだけ。サクッと30ページくらい自己満で書ければいいや」とめっちゃ気軽な気持ちで投稿スタート。

なので、なろうとカクヨムの両方で日間・週間・月間1位になったときは引きました。

「皆、めっちゃおっぱい、揉みたいんやん……」って(笑)。

というわけで、自分の煩悩に忠実になるためだけでなく、沢山のおっぱい好きな同志、おっぱいフレンズのためにもと書き続ける日々です。

その結果、スニーカー文庫さんから本が出ることに。ビックリです。


作品について触れていきます。おっぱいに触れていきます。

いかがだったでしょうか。

めちゃくちゃ一途(いちず)な女の子が、大好きな男の子とひたすらイチャイチャするお話。

学校でもイチャイチャ、帰り道もイチャイチャ、デート中もイチャイチャ。

色んなところでイチャイチャイチャイチャイチャ……。

FUCK。

めっちゃ羨ましいですよね。青春時代に、こうもリア充爆発しろなやり取りができるんだから。

小難しい話ではなく、シンプルに未仔（みこ）の愛くるしさを堪能できる話を意識して書いてきました。いわば、恋愛ゲームのクリア後、アフターストーリー的な。

皆さんこと、おっぱいフレンズも思ったことありませんか？

「ちょいちょい。クリア後の展開をもっと知りたいですけど」と。

複雑な人間関係、数多（あまた）の障害を乗り越えて恋人同士になるラブコメは、当たり前に面白いし、僕も大好きです。

ですが、箸休め的、何も考えずひたすらに口の中に角砂糖をぶちこまれ続けるような激甘作品があってもいいんじゃないかと。ブラックコーヒーに合う作品が1つや2つあってもいいんじゃないかと。

僕が複雑な話を書けないとかじゃない。

ケッシテ。

いつの時代でも、真っ当な人間が正当な評価を得られるわけではないと思います。

というより、真っ当な人間ほど、陰に隠れてしまったり、心無い言葉に傷付けられることが多い気さえします。

そんな世知辛い世の中だからこそ、夏彦（なつひこ）のような温和な人間には、天使が舞い降りてほしいと心から思います。

中々天使が舞い降りてこないフレンズは、チャンスが訪れるまで、未仔ちゃんに癒やされ続ければいいじゃない。

おっぱい好きな真っ当な人間がいてもいいじゃないスか。

寄り添えるのは人だけじゃありません。場所にだって寄り添えます。

ゆったりくつろげるカフェ、大声でストレスをぶちまけられるカラオケ、壮大な自然と一体化できるキャンプ、物思いにふけれる小さな公園、趣味に囲まれた自分の部屋などなど。

心落ち着かせる場所であったり、気分を奮い立たせる場所、いわば自分だけのパワースポットが1つでもあれば、気持ちに余裕が生まれますよね。

MYパワースポット探しも楽しいので、「持ってねー」というフレンズは探検ツアーを是非是非。持っているのに案外気付いていないだけってパターンも多いかも？

ここからは謝辞を。

担当さん。欲望まみれな作品を書籍化まで導いてくれてありがとうございます。もっと普通なタイトルにするか、このままのタイトルにするか悩んだと聞きました。今回のタイトル、英断と言わざるを得ないです。たくさん精進していきます！

イラストレーターの白クマシェイクさん。作品に命を吹き込んでくださりありがとうございます。初めてイラストを拝見したとき、「このロリ可愛い女の子、まさに未仔……！　この勝気さ溢れるボーイッシュな女の子、まさに琥珀！」と感動したのが記憶に新しいです。白クマシェイクさんのイラストを糧に今後も執筆していきます！

読者ことおっぱいフレンズ。繰り返しとなりますが、手に取ってくれて本当にありがとう！　書店で見かけたのがキッカケの人もいれば、ＷＥＢ小説から読んでくれていた人、僕の過去作を読んでくれた人など。手に取った理由やキッカケは様々だとは思いますが、皆が皆、タイトルに惹かれたおっぱいフレンズ！　皆仲良く、これからもヨロシコ。

今後もなろうとカクヨムでは、色々な作品を書いていければと思ってます。

「することない。暇で死にそう」というフレンズは、カクヨムか小説家になろうで、『凪木エコ』と調べてください。適度な暇潰しになれば幸い。

勿論、『おっぱい揉みたい～』の新しいストーリーも掲載しています。是非是非お楽しみいただければと！

未仔ちゃんと仲良しな人物が出てきたり……？
アイツは意外と○○だったり……？
要チェック！

それでは皆さん、またお会いしましょう！
おっぱい万歳っ。

P．S．僕は狩猟笛もハンペンも好きです。

凪木エコ

『おっぱい揉みたい』って叫んだら、妹の友達と付き合うことになりました。

著　凪木エコ

角川スニーカー文庫　22484

2021年1月1日　初版発行

発行者　青柳昌行

発　行　株式会社KADOKAWA
〒102-8177 東京都千代田区富士見2-13-3
電話　0570-002-301（ナビダイヤル）

印刷所　株式会社暁印刷
製本所　株式会社ビルディング・ブックセンター

◇◇◇

Printed in Japan　ISBN 978-4-04-110949-6　C0193

★ご意見、ご感想をお送りください★

〒102-8177 東京都千代田区富士見 2-13-3
株式会社KADOKAWA　角川スニーカー文庫編集部気付
「凪木エコ」先生
「白クマシェイク」先生

角川文庫発刊に際して

角川源義

第二次世界大戦の敗北は、軍事力の敗北であった以上に、私たちの若い文化力の敗退であった。私たちの文化が戦争に対して如何に無力であり、単なるあだ花に過ぎなかったかを、私たちは身を以て体験し痛感した。西洋近代文化の摂取にとって、明治以後八十年の歳月は決して短かすぎたとは言えない。にもかかわらず、近代文化の伝統を確立し、自由な批判と柔軟な良識に富む文化層として自らを形成することに私たちは失敗して来た。そしてこれは、各層への文化の普及滲透を任務とする出版人の責任でもあった。

一九四五年以来、私たちは再び振出しに戻り、第一歩から踏み出すことを余儀なくされた。これは大きな不幸ではあるが、反面、これまでの混沌・未熟・歪曲の中にあった我が国の文化に秩序と確たる基礎を齎らすためには絶好の機会でもある。角川書店は、このような祖国の文化的危機にあたり、微力をも顧みず再建の礎石たるべき抱負と決意とをもって出発したが、ここに創立以来の念願を果すべく角川文庫を発刊する。これまで刊行されたあらゆる全集叢書文庫類の長所と短所とを検討し、古今東西の不朽の典籍を、良心的編集のもとに、廉価に、そして書架にふさわしい美本として、多くのひとびとに提供しようとする。しかし私たちは徒らに百科全書的な知識のジレッタントを作ることを目的とせず、あくまで祖国の文化に秩序と再建への道を示し、この文庫を角川書店の栄ある事業として、今後永久に継続発展せしめ、学芸と教養との殿堂として大成せんことを期したい。多くの読書子の愛情ある忠言と支持とによって、この希望と抱負とを完遂せしめられんことを願う。

一九四九年五月三日